風に訊け

ザ・ラスト

開高　健

集英社文庫

我来たり、見たり、勝てり。

VENI, VIDI, VICI.

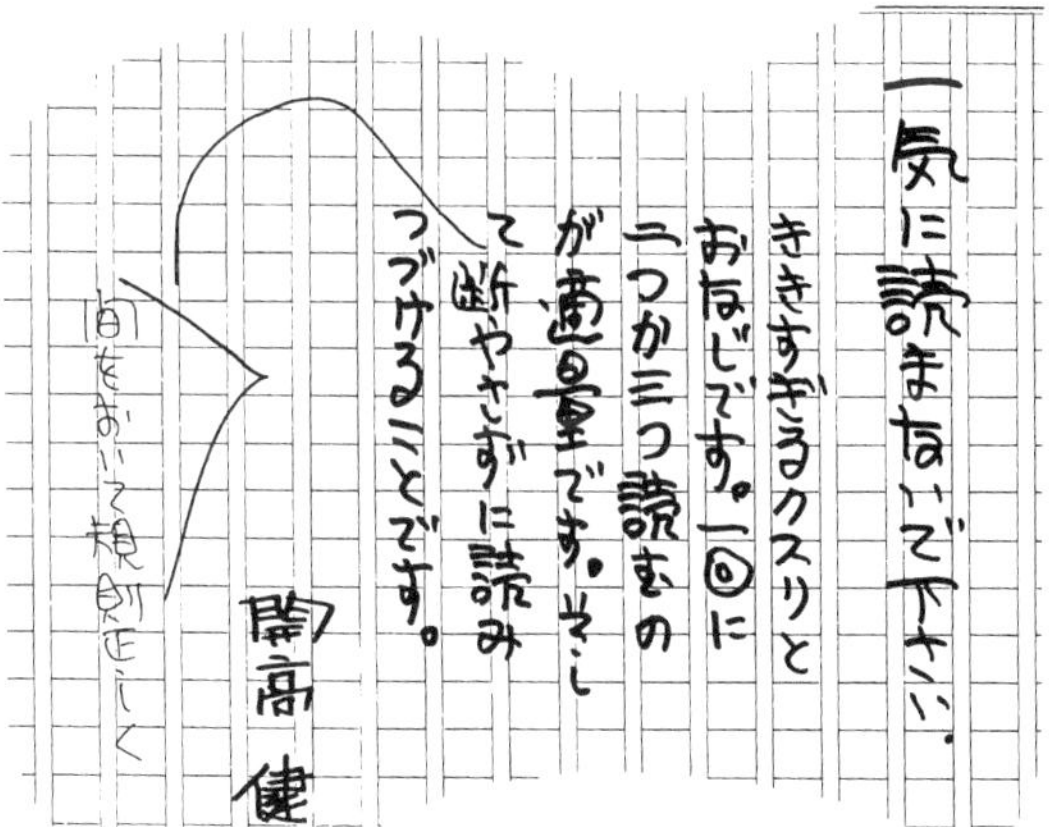

一気に読まないで下さい。
ききすぎるクスリと
おなじです。一回に
二つか三つ読むの
が適量です。そし
て断やさずに読み
つづけることです。
間をおいて規則正しく
開高健

開高健

ライフスタイル・アドバイス

撮影◉立木義浩

風に訊け

Life Style Advice

ザ・ラスト

★★★★……Superb◉名回答

★★★……Great◉面白くて、ためになる

★★……Fine◉面白い

★……Not bad but…◉たっぷりと時間があるときお読みなさい

水。★★★★

僕は大変、水に興味を持っています。以前、日本とホノルルの水の味は、世界でもトップレベルに位置するとラジオで聞いたことがありますが、世界中を歩き回っている開高先生は、この意見をどうお考えになりますか。また、水にまつわるエピソードでも聞かせて頂ければ幸いです。

（埼玉県入間郡　星野　努　浪人　19歳）

ホノルルの水がうまいとは、初めて聞いた。ホノルルの水は私も飲ん

でいるはずなんだが、特に覚えていないのは、パイナップルを食べすぎたせいかも知れない。

神戸とヴァンクーバーの水がうまいというのは、昔から世界中の船乗りの言い伝えであり、また事実である。

これは、理由がはっきりしている。神戸の後背地にある摩耶山系、ヴァンクーバーの背後にあるカスケード盆地の中をくぐってくるから、水がうまくなるんだな。よろず水は、花崗岩系（グラナイト）の岩で濾過《ろか》されるといいらしい。石灰岩（ライム・ストーン）もエエ。

ホノルルの水がうまいとするなら、雨が降って溜《たま》ったのが、火山島のハワイの岩をくぐってくるからじゃないかな。

水にまつわるエピソード――というのでもないが、スタインベックか誰かの短篇で、ヒッピー旅行をして、くたびれ果てて国へ帰ってきた若者が、老人が庭に水を撒《ま》いているある家の庭先で、水を飲ませてもらう。すると老人が、

「何といっても国の水が一番だテ」

と言う。

これは、じつに水の味がよく出ていた。

それから、すこしばっかりハッタリの話だが、陸羽《りくう》――これは中国のお茶の伝説の聖人だけれども、この人は中国のあらゆる茶の水を飲みわ

けたという。陸羽にお茶を飲ませたら、茶碗をすすって、

「揚子江の水だ。それも岸に近い」

って言ったとか。

それで、しばらく味わっているうちに、

「うん、中流の水だ、これは……」

どこまで信じていいかわからない話だが、茶には水が大事だということを教えるために、こういうエピソードがあるんだ。

こんなとこでいいかナ？

スタインベック◉アメリカの小説家（1902〜68）。カリフォルニア生まれ。『二十日鼠と人間たち』で季節労働者の夢とその挫折を描き注目され、『怒りの葡萄』で20世紀アメリカ文学の頂点にたった。

ロブ湖の魚。

先生。

かのヘディンは、ロブ湖に一メートル以上もある大魚がうようよと棲《す》んでいるのを発見した。しかし、深さが二十〜三十センチのこの湖には、水草とか植物が生えている形跡がない。どうして魚が棲んでいられるのか——とヘディンは疑問を投げかけていた。

私は、産卵のために遡上《そじょう》したのだろうと思うのですが、一度は釣ってみたくなるようなこの大魚は、果たして現代でも幻の魚なのでしょうか？

（徳島県徳島市　山本光男　公務員24歳）


現在ロブ湖がどうなっているのかわからないし、ヘディンは私のむかしの愛読書だったけれども、君の指摘するようなことは書いてあるような気がしなかったし、覚えてもいない。改めてヘディンを読み直してみよう。君はいいチャンスを与えてくれた。ありがとう。

もしそういうことがあるなら、私にも完全な謎だ。しかし、砂漠と思えるところにも、生きた魚の卵があるんだ。たとえば、アリゾナとかネバダの砂漠にエビの卵がある。それはいつ降るかしれない雨を待っているんだそうだ。いつかその砂漠に雨が降ってくると、眠りこけていたその卵がにわかに蘇《よみがえ》ってエビになる。おそらく砂漠の水はすぐに退《ひ》いてしまうだろうから、そこでまた慌《あわ》てて――エビは雌雄同性体だから自身の体内でセックスして――卵を産んで死んでしまうんじゃないか。カゲロウのような慌《あわ》ただしいはかない生涯だけれども、しかしそのために種族の維持の活動は必ずやるはずだ。かくて、また砂漠に卵だけが残っていく……。

こういうことがあるとするならば、ロブ湖に植物が何も生えていないのに、魚がいる。何をエサにしているんだといえば、そういった種類の、天上的なまでに忍耐力にとんだエビかなにかの卵を食っているのかもしれない。プランクトンを食べているのかもしれない。ご存知のように、プランクトンには動物プランクトンもあれば、植物プランクトンもある。それならば、ロブ湖でも生存しうるだろう。そして、さっきのエビの卵のような忍耐力を持つならば、ロブ湖が砂の中にもぐりこんで別のところに現われても、あとに残されたプランクトンが乾ききった砂漠の中で生きつづけていく。いつか戻ってくるロブ湖を待って、生きつづけていくということはあるかもしれない。

しかし、これは現代稀《まれ》な、壮大な仮説だな。まるで極小と極大は一致すると宣言してるかのようである。これこそミニ・マックス理論の極と呼ぶべきか。

ヘディン◉スウェーデンの地理学者にして探検家。19世紀の末から40年の間に、4度にわたって中央アジアを踏破し、楼蘭の遺跡やトランス・ヒマラヤ山脈を発見したことで名を馳せた。

ミニ・マックス理論◉数学者ノイマンと経済学者モルゲンシュテルンとの共著『ゲームの理論と経済行動』で展開されているゲームの理論を説くための数学。極小のうちの極大の選択ということ。ただし、ここで開高文豪がいっているミニ・マックス理論とは「極大を内包した極小」というほどの意味で、文豪が勝手につくった言葉。「えっ？　ミニ・マックス理論なんてホントにあるのか!?」と、文豪驚く。

〈フ〉。★★★★

僕は童貞、彼女はバージンでした。ごく自然に、ふたりは結ばれました。それはいいのですが、そのときピストン運動するたびに、変な音がするのです。彼女はオナラとは違うといいますし、ボクにもそれはわかるのですが、彼女は恥ずかしがるし、ボクは気になってしまい、行為に専念できません。あれはいったい、何なのでしょうか？　彼女は特殊なのでしょうか？

（東京都新宿区　荒木クン　学生　19歳）

エアーだ。アエロだ。空気なんだ。

あれは、女性のあそこの小部屋の中にたまっている古い空気が出てくるんだ。構造学的にはちょうど穴のあいたゴムまりを、手でギュッと握ったときのことを考えればよろしい。それを連想すればいいのさ。だから音は頓狂《とんきょう》でギョッとなるけれど、本来は人畜無害、無邪気なものなんだ。気にすることなんかないよ、君。しょっちゅうピストン運動をやっていたら、空気の入るすきがないから、したがって音はしなくなるという理屈になる。

あの音は、一部有識者の間では〈フ〉と呼ばれている。ハヒフヘホのフ。つまり〈ヘ〉の一歩手前なんだな。肛門から出るのが〈ヘ〉だけれども、あれは肛門の一歩手前で出るから〈フ〉というわけだ。今度からはもう気にすることはない。フ、フ、フと笑っておけばいいのサ。

　なお、君は何も知らないらしいから一言いっておくと、彼女が今度、御《お》叱呼《しっこ》をするとき、ぎりぎりまで溜めといて、それからトイレに駆けこませて、トイレのドアをあけといて横で聞いててごらん。はなはだ高らかで、はなはだ華やかで、はなはだ活発な音がし、君の笹流れの音とはずいぶんと違うということを発見するだろう。なにしろ、女のあそこの中に入っている器官の一つは、ラッパ管と呼ばれるくらいなんだから。たまたまニニ・ロッソが愛人のその音を聞いて、『夕日のトランペット』という曲を思いついた――というのはマッ赤な嘘だけどね。ただし君の彼女が将来物書きになるとしたら、ペンネームは〝大和音女〟とするがよろし。

　もう一回くり返す。あれは、空気なんだ。〈フ〉なんだ。

　フ、フ、フ。

★★
★★

シャローム。

世界を歩いた先生が、あちらこちらの国の街角で聞いた出会いの挨拶、別れの挨拶で気に入ったものを三つか四つ、お教えください。

（新潟県燕市　佐藤泰二郎　会社員　21歳）

まず、ヘブライ語（イスラエル）でシャローム。これはピース・オン・ユーという意味だが、別れるときも出会ったときも、朝も晩もシャロームである。もうすこし丁寧《ていねい》なのでは、シャローム・シャローム・マシャロムハーというのがある。マシャロムハーはシャロームの丁寧な言い方らしくて、ハウ・イズ・ユア・ピースという意味らしい。

次、スペイン語。すこし丁寧な別れの言葉で、バイヤ・コン・ディオス——神とともに行け。これは気に入ったな。あまりふだんは使われないけれども、改まったときの別れの言葉らしい。

それから、北京語のイー・ルー・ピン・アン——一路平安。これは読んで字のごとし。いい言葉だ。

しかし、五〇年代末期、六〇年代初期のころ、パリでは「悲しみよこんにちは」という出会いの言葉があった。ボンジュール・トリステッス。これは別に、悲しみが相手の顔に出ていなくても、なんとなくそう呼ぶんだ。こういう人生相談の欄などを受け持たされていると、毎日がボンジュール・トリステッスだけど……。

女の割礼《かつれい》。★★★★

最近、イスラム世界では男が割礼するように、女も小さいころマメを取ってしまう風習があると、本で読みました。その習慣は、いったい何のためなのでしょうか。そして、取ってもセックスに支障はないのでしょうか。

（青森県弘前市　目永恭一　学生　20歳）

君の質問を読んで、急に私はカイロにいたころのことを思い出さされた。カイロだけがイスラム世界ではないけれども、巨大な中心地のひとつであることは間違いあるまい。

イスラムの世界では、男は割礼をするが、同時に陰毛も剃《そ》るんだ。陰毛床屋というのがいて、月に何度かお屋敷に出張《でば》ってきて、剃ってくれるわけだナ。すこし収入のある、身分のいい、エチケットをわきまえたアラブの紳士が田舎へ旅行するときには、バッグの中にゴム管を一本入れていくと聞いたことがある。それでなにをするのかというと、田舎へ旅行すると、素焼きの土がめに水が張ってある（たぶんナイル河の水だろうナ）。その素焼きのかめにゴム管を突っこんで、チューチューと吸い出すと、水がチョロチョロと流れ出す。その水をあそこへ掛けて石けんをなすりつけ、一人でゾリゾリ手さぐりで剃るんだという。

これは、陰毛は不潔だからだという教えからきてるらしいんだけれども、もっと辛《つら》いのは、君もいうように、女の大事な小さな部分を取ってしまう習慣だよ。これはどこからくるのか。あれがついてると非衛生だとは思えないんだが、おそらく強烈無惨な、酷烈をきわめる砂漠の中で暮らしているときに女が快楽を覚えたならば、ただでさえ乱れやすい女がいよいよ乱れ、一族が分散し、民族が空中分解を起こしかねない。そのことを恐れたためではなかろうかと思う。つまり、アジアで孔子様が、「男女七歳にして席を同じゅうせず」

と禁欲原理をぶったてたように、イスラムではマメを取れということになったのじゃないか。そう私は思うんだが、正々堂々とした異論があるのなら、ぜひ教えてほしい。頭を垂れて聞く用意がある。

ところで、アレを取っちまったら、女は快楽の世界でどうなるのか――？　私はイスラムの世界で恋をしたことがないので、その点がわからない。しかし、姫買いにいった男の話は聞いたことがある。それで、「マメを取った女と寝ると、どうなるんだ？」

と、露骨、率直、無邪気に訊いてみると、その男はすこし思慮深げな、しかしわびしそうな目つきをして、

「管制塔のない飛行場みたいですヨ」

と謎のような一言を呟《つぶや》いた。

いったいこれは、どういう意味なんだろうか。赤くなったり青くなったりしないということか。それとも、離着陸がとても難しいということなのかナ？　一緒に考えてみようじゃないか、君。

政治。★★★★

先生は、これまでお話になっていないけど、支持する政党、人物を教えてください。また、先生は、政治というものはどんなものであり、どうあるべきだと思いますか。

（静岡県三島市　小島　昭　高校3年生）

政治にはいくつかの理想があると思えるけれども、その最大のものは、小生の理解するところでは、人民に政治を感じさせないこと――これが政治の究極の理想のひとつだと思う。これが実現された時代の人民のこと

を〝堯舜《ぎようしゆん》の民〟というんだが、その話は難しくなるからいまは避ける。〝鼓腹撃壌《こふくげきじよう》〟という言葉もあるけれども、これもしばらく説明を避けよう。

　ところが、現在のような大衆社会になり、膨大な人口に現在の生活水準より以下の生活をさせまいとするならば、政党が変わり、政治屋が変わっても、やる政治はみな同じなんだ。ほぼ似てくるんだナ。選択肢《せんたくし》があまりないはずだからね。政党や政治家が変わるたびに、国民の生活ががらがら影響を受けてたんでは困るだろう。そういう政治であっては困るというのが、大人口を抱えた社会の理想なんだ。つまり、理想なき理想というわけだナ。

　したがって、どの政党をピックアップし、どの政治家をピックアップしても、所詮《しよせん》は同じことなんであって、そこに神話がないとかなんとかいってみても始まらないのよ。政治というのは、効果の問題なんだ。大義名分をがなりたてるのも結構だけれども、空《す》きっ腹じゃ人民は背《そむ》くだろう。大義名分をがなりたてている奴の自己満足にすぎない。そしてそれは大半、偽善者である。嘘つきである。ホラ吹きである。偽善者、嘘つき、ホラ吹きにならなければ、政治家にはなれない。

　しかし、偽善というのは、偽悪にくらべて持続性を必要とし、はなはだしぶといエネルギーを必要とする情念であり志向であるから、政治家になる奴は、見てみろ、たいていしつこいのばかりじゃないか。頭が悪いくせに悪知恵ばっかり発達した、しつこい奴らばかりだ。

　となると、政党や人物が変わっても政策は変わらないということになるなら、要するに政治は、政権のたらい回しをして遊んでいる、悪知恵の発達した浅はかな奴らのお祭りにすぎないんだナ。だから昔から政治のことを「まつりごと」というんだ。そして「まつりごと」と色事は変われば変わるほど、いよいよ同じだという言葉もある。おわかりかナ？

　ま、そういうことだから、したがって私に支持する政党、人物を訊いてみても答えようがない。君にはTシャツとトレーナーをあげるから、当分それを着て、政治について考えてみたまえ。

堯舜の民◉
中国古代の理想の帝王、堯と舜。ともに徳をもって世を治め、その下に暮らす民は、幸福であったという。

鼓腹撃壌◉
腹づつみをうち、大地を叩いて歌うこと。転じて、天下太平を楽しむことをいう。

宗教。★★★★

交通、通信の発達により、地球は狭くなってきました。しかし、宗教などをみても、地球が狭くなるにつれ、より知識がふえるにつれ、彼らと私たちのどうしようもない感性の違いを感じてしまうのです。

そこで、世界を股にかけた文豪に質問。私たちの感性が通じない地域はあるのでしょうか？　もしあるのなら、それはどこなのでしょうか？

（東京都秋川市　万田寿治　大学生21歳）

非常によい質問だ。われわれも人間であるかぎり、世界中の人間と話は通じるんであるが、通じないところの世界というのも、しっかり存在する。

たとえばそれは、君のいうように宗教である。または、イデオロギーである。かりに宗教をとりあげてみると、広大無辺のアラブ社会——そこで宗教の話をするとか、お祈りの時間になると、私はハタと理解しようのないものにぶつかったような気がする。

しかし彼らは、毎日その中で完全に生きていて、何百年、何千年と過ごしてきているのだし、今後もそう

やっていくだろう。どれほどジェット機がスーパーソニックになったところで、この祈り声と心は変わるまい。すくなくとも、当分は変わるまいと思われる。してみると、われわれの心が通じない、われわれの感性が通じない世界地図というものがあるということになる。

キリスト教圏――それもカトリック圏、プロテスタント圏、それから回教圏、それからインドのヒンズー。これらの地図はわれわれの日常会話で通じはするけれども、こと宗教では完全に通じない、異質な、火星みたいな世界だと考えたほうがいい。おそらくわれわれが通じあえるのは、宗教を媒介にしない世界だけである。

したがって、世界地図のうち、それはごくわずかなものになるだろう。幸い人間は、朝から晩まで宗教の話をしてるわけではないから、われわれも世界を旅していけるけれども、もしこの地域の人たちが朝から晩まで宗教の話をしはじめたら、われわれはグアム島でひなたぼっこでもしてるよりほかなくなるだろうナ。

――というようなことを考えておくことは、たいへんに重要なんだ。心の感性を理解する意味でも、非常に重要なことなんだ。人間と人間はいかに同じであるかを悟るのも認識であるが、人間と人間はいかに違うかということを悟るのも認識である。どちらがいいとも悪いとも、上下をつけられるものではない。事実として、そういうことなんだ。

相性。★★★

人間同士、相性のいい悪いというのは、根本的に何に起因しているとお考えでしょうか。私は相性の悪い人とも楽しく話をしたいと思っているのですが……。
（千葉県流山市　社交ダンスの好きな男　会社員　独身28歳）

これは易《やさ》しいようで、難しい問題だ。人には説明のつかないものなんだ。だから、インド古代の哲学者の王子はあらゆることを考えぬいたあげく、どうしても説明のしようがないので〝縁〟という言葉を思いついた。カルマだ。業《ごう》だ。

しかし、ひょっとすると科学的にはまだ突きとめられていないけれども、人体からはオス、メスを問わず、誘因物質というものが出てるのではないか——という考え方もある。または、その反対に、拒否物質というものが出ている場合もありゃしないか。

すこしSFじみているかもしれないけれども、もうすこしたてば、何か難しいカタカナの名前のホルモンが突きとめられるかもしれない。それまでちょっと待ってみたら……？

情交派。★★★

先日、先輩に「お前は性交派だな、もうすこし情交を覚えろ」といわれました。もちろん字義どおりのことはわかるような気がしますが、性交と情交について、いささかのレクチャーをお願いします。

（神奈川県相模原市　江原　令　学生）

情交というのは、おそらく性器の交《まじ》わりプラス感情の交わりでもってセックスをすることだろうと思う。感情の交わりは全身に現われるものだから、性器だけの交わりではない。全心身でやる交わりのことを情交といいたいように思われる。

しかし、君はまだ若いんだから、性器だけでも手いっぱいだろう。おそらく君は、妄想の中では全身が性器になったような感じで毎日を送っているんじゃないか。全身が性器に化してしまえば、単にセックスするだけでも——つまり、性交そのものが同時に情交になっているのかもしれない。いや、確かに性交の中にも情交はあるし、それは認めよう。

最初に性器の反応があり、それから心がのったりのらなかったりして終わる。これが性交派だ。これに対し、はじめに性器と心があり、真ん中に性器と心があり、そして終わりに心が残る――これが情交派だ。
　まあ、もうすこし年をとってから、もう一度考えてみたらどうだ。君の年で情交というのは、まだわからないだろうと思う。早すぎる。先輩にも訊いてごらん。いや、訊く必要もないか。こんなものは自然にわかる。習うより慣れろ、だ。数を重ねてやってみたまえ。そのうちにわかる。

客観性。★★★★

私の眼に赤と映る色が、他の人の称するところの黒や青という色ではないという根拠は、一体どこに存在するのでしょうか。

また、この世の中に客観性というものは本当にあるのでしょうか。

（東京都調布市　川井敏嗣　18歳）


　まず君は、剃刀《かみそり》でもいい、ナイフでもいい、それで物足りなければデバ庖丁でもいいし、それでも足りなければ斧でもいい――それを持ってきて、皮膚の一部を割《さ》いてみなさい。すると中から液体が出てくる。その液体が、君は何色に見えるか。まず、その色を言ってみる。それから周りの人だれでもいいから、父なり母なり、弟なり妹なり、兄なりおじさんなり、あるいはガール・フレンドなり、あるいはボーイ・フレンドなり、あるいは乞食なり、あるいは裁判官なり、誰でもいいから、

「何色に見えますか？」

と訊いてみなさい。そしてその人の答えた色と、君が見た色とが同じであったら、それはまず客観性というものではないだろうか。

君は懐疑の霧の中を通りぬけていく出発点を、そこに置いたらいい。君自身がそれを客観性という言葉で確信するかどうかは別として、君の目に映るその血の色と他人の目に映る君の血の色とが一致するかしないか、ここから始めたらどうだ――？

しかし、君がなにに迷っているのか私には定かにはわからないけれども、インドの古い寺にはこういう格言が書いてあるという――「父を疑え。母を疑え。師を疑え。しかし、疑うおのれを疑うな」

それをしも疑いたくなったならば、剃刀で手を切ってみることだな。その色の判断から始めなさい。このインドの言葉は蒙昧《もうまい》主義の言葉ではない、歴然とした科学精神の言葉である。「疑うことを知る」というのは、科学の言葉なんだ。西洋でこの思想が市民権を与えられたのは、比較的近世になってからであるが、インドでは数千年前からこれに市民権が与えられていた。あのインド社会に〝市民〟というコトバを使っていいかわるいかはべつとして。

二本足のヘビ。★★★★

ぼくは中国山脈の近くに住んでいますが、当地では春先になると、ときどき二本足のヘビが出てきたというニュースが新聞を賑《にぎ》わせます。ツチノコとかヒメハブとか呼んでいるのですが、文豪は、あれの正体はいったい何だろうと思いますか?

（岡山県津山市　谷口和男　高校2年生）

それはツチノコではあるまい。ヒメハブでもあるまい。また、それ以外の珍種のヘビでもあるまい。ただのヘビだ。

冬ごもりから出てきて、彼は山奥の日当りのいい岩の上あたりで日向《ひなた》ぼっこをしているうちに、どんな夢を見ているのか知らないけれども、君と同じでペニスがニューッと出てくるんだ。ただし、ヘビのペニスは二本である。必ず二本になっている。二本で一セットになっている。これをしも、直列二亀頭と呼ぶべきか――。

それからもうひとつ、ヘビのペニスには特徴がある。君のアレの雁首《かりくび》にあたる部分に、彼は釣鈎《つりばり》のような、逆トゲのようなものを二、三本つけている。これをメスの中に挿入すると、ひっかかって出てこれなくなる。メスはとことん彼を吸収して、一滴も残らず吸いとってからやっと放してやる。メスが穴を大きく開かないかぎり、ヘビのチンポは解放されないんだ。釣鈎のように、ささったきりになってしまう。君のように終わった後で、コロッと向こうを向いて『週刊プレイボーイ』を読むとか、テレビを観るとかいうふうな器用な真似はできないんだ。

昔の人はこれをみて、ヘビの淫性ということを考えた。上田秋成の短篇にも『蛇性の婬』という名作がある。ヘビのメスって、それぐらいこわいんだ。いや、すべてのメスはそのぐらいのもんなんだ。本質はそういうことなんだゾ。クモのオスはやった後、メスに食われてしまう。カマキリもそうだ。人間だって形にはみえないけれども、君は一発ごとに食われているんだ。よくよく気をつけたまえ。ヘビだけの運命じゃないゾ。

★★
★★

コーデュロイ。

私はコーデュロイのズボンが大好きで愛用しています。暖かく、すべすべした感触が何ともいえません。

ところが、困ったことがあります。それはやたらにひざが抜けてしまうことです。仕方がないから、このほうがカジュアル風でいいんだと思いこむようにしていますが、やはり気になるのです。

写真を拝見すると、先生もコーデュロイ愛好家とお見受けいたしますが、ひざ抜けはいかがなさっているのでしょうか——?

（群馬県桐生市　常見精一　会社員23歳）

君はなかなか細かい写真の見方をしているな。私自身あまり気がつかなかったことを指摘していただいて、ありがとう。

私はコーデュロイのファンである。小説家になってよかったと思うことはあんまりたくさんないけれども、そのうちのひとつは、服装にあまり構わなくてよいということぐらいだ。私はカジュアル一本である。シャツはスポーツ・シャツで、ネクタイ要らず。外国へいくといえば、アウト・ドア・ライフ——というわけで、タキシードやネクタイなど持っていない。

コーデュロイは、いろいろやってみた。これは、もともと材料がコットンだ。コットンというのは、人間の肌にもっともやさしくぴったりとくる材質なんだ。暖かくすべすべしているだけじゃない。汗の発散もいいし、飽きがこない。

ひざが抜けるといって君は困っているけれども、どんな繊維だってズボンにすれば、必ずひざは抜けるもんだ。遅かれ早かれひざが抜ける。安物であればあるだけ早いがね。この点に注意したメーカーがあって、ブランド名は忘れてしまったが、プリシュランクというのがある。英語で書いてある。これは〝あらかじめ縮めてある〟という意味なんだろうけれども、このコットンのコーデュロイをはくと、抜けることは抜けるけれども、他のものよりは抜けるのが遅い。今度からはそのてのやつを選びなさい。

それから、コーデュロイはジーンズと同じで、ひざが抜けたら今度はひざ上から切って、半パンツにして夏にはくこともできる。たいへんにありがたいものだ。二度、三度と使える。私がアマゾンやら、どこやらで魚釣りをするときの半パンツは、全部こういう二度目、三度目のお色直しのズボンである。

糞尿博士。★★★★

これまでの人生で先生もいろいろな人物に会ってこられたと思いますが、最も感銘を受けた人はどういう方だったですか。一人だけ挙げてください。ぼくは、できることならその人の真似をして、人生を送っていきたいと思います。できれば、日本人であってほしいです。ぼくはその人の真似をして、先生に尊敬されたいのです。よろしくお願いします。
(京都府中郡　清水康治　高校3年生)

そうだな……日本人でひとりというなら、文学畑でない人を選ぶとしよう。

中村浩さんという博士がいた。この人はウンコの研究をしていたんだ。人類は人口爆発、異常気象、その他その他のことから、やがて餓死するような危機にさらされるであろうと先生は考えて、いまから手を打たなければダメだと、ひとり発奮し、地球上にある無限の資源はうんことおしっこしかないという点に目をつけた。そして、これから有効成分を抽出し、それを食料品あるいは栄養に転化する研究をしていた人である。

そこで先生は、まずクロレラの培養につとめた。クロレラは栄養分に富んでいるけれども、まずい。しかし、ごく小さな面積で莫大につくることができる。先生はその研究を完成した。あとは味覚だけの問題だというところまできたのだったが、不幸にしてあの世にお去りになった。向こう岸にいってしまわれた。

　さて、先生はまことに向学心の旺盛な方で、日本にじっとしていられなくて、世界中のうんこ学者に手紙を出し、世界を漫遊したのだが、その記録が本になっているから、どこか古本屋で見つけて読んでごらんなさい。『糞尿博士・世界を行く』という題だったと思う。

　先生はひとりで、ロケットが月へいく前にすでに、ロケット飛行士がロケットの中で出すおしっこを水に還元して飲むという、リサイクルの装置を発明なさった。しかもそれは、ポータブル型である。

　これを持って先生はNASAの研究所へ乗りこみ、オレはこういうものを開発したんだが、ソチラはどうなんやと訊いた。すると向こうは、遠心分離機かなんかの装置を持ち出してきて、これだ、ちゃんと考えてあるという。そこで先生は、じゃあ較べてみるかといって、お互いのおしっこを出して、その機械にかけてみたんだな。そうすると、向こうのはまことにきれいな H_2O が出てきた。これは水ではあるが、H_2O だから味がない。しかし先生は日本人であり、味というものを尊重していたから、水であるだけでは不十分だ、味覚も大事でっせ、オレのを飲んでみろやと自分の携帯リサイクル機からとり出した水を相手に飲ました。そのアメリカ人の技師は飲んで小首をかしげ、ふむ、オレたちのよりよくできている、better than us といったとか。

　こういう先生である。晩年に近いころ、私は先生を尊敬するあまり、よくお目にかかっていたんだけれども、そのときの会話によると、そのころ先生は、うんこを人工的につくるとどうなるかという研究をしてらした。いろんなものを放りこんでうんこをつくるんだが、どう頑張って

みても天然のあのねっとり、あの絶妙の匂い、あのこくのある香り、これがどうしても出せない。やっぱり天然にはかなわない。淡泊なうんこしかできない。やっぱり天然には負けるといって嘆いていらっしゃった。当時の値段で、確か二万円かかったとか。

だから、これから君はトイレに入るたびに二万円ずつ出しているんだと思うこと。ギョーザを食っても北京ダックを食べても、出てくるものは二万円のものなんだ。おわかりか。三百円のギョーザを食べて二万円のうんこを出すという経済学はマルクスもケインズも思索していないはずである。この点でも中村博士は先覚者であったわけだ。

君はそういう先生の後を追いかけたいということだけれども、まことに結構である。当時先生は、近ごろの若いやつらは科学精神が足りなくて、うんこ実験室に入りたがらないと嘆いてらっしゃったから、いまからでも遅くない、先生の実験室を借りて、とまった機械をもう一ぺん運転させ、君は人工うんこの完璧なやつをつくり出すよう努力しなければならない。

そのとき君と会いたい。私の尊敬する人物とは中村先生である。日本人でなら、この人である。

カー讃。★★★

E・H・カーが亡くなりました。私は Carr から「歴史」について、その書物からではありますが、様々なことを学びました。

　是非、開高さんの〝歴史観〟を伺いたいと思います。はなはだ不定形な質問なので、どのような表現になっても構いません。とにかく開高さんの〝歴史〟に対する言葉が欲しいのです。どうかよろしくお願いします。

（北海道札幌市　村田清太郎　学生22歳）


　二十二歳の学生の君がカーの愛読者と知って、日本国民もまだ知力は落ちていないと、心強く感じさせられた。

　現代の若者が、まだカーのような人の作品を読んでいると知って、心温まる思いがした。これは本音である。私も昔、カーが好きだった時期が長くあり、『カー讃』という文章も書いたことがある。

　さて、私の歴史観をお尋ねであるが、私にも歴史観がないわけではない。しかし、一歩下って眺めてみると、人類史というものは、いつまでたっても悟ることなく同じ愚、似たような過ちを繰りかえしつづけて飽きることを知らないかのようにみえる。これに思い至ると、いっさいが崩壊してしまう。したがって、歴史観とはいいかねるけれども、「変われば変わるほどいよいよ同じ」としかいいようがなくなってしまうことが多い。

　しかし、久し振りにカーの名前をみて、私は若い刺戟を受けた。ありがとう。

E・H・カー◉イギリスの政治学者・歴史学者（1892〜1982）。大学教授、新聞の論説委員、外交官などを経験し、豊かな知識と体験から国際政治を論じて、右に出る者がなかった。『カール・マルクス』『バクーニン』『浪漫的亡命者』など、名著が多い。

『雪降り』。★★★

徹底的に日本的な男の遊び、男の喜び――純粋日本風のソレに就《つ》き、貴公の知るところを三百字以内にて記せ。

（宮城県仙台市　N・S　元市長）

冬の日本海岸へいく。大きな古い日本風旅館を探す。海に面した部屋をとる。掘りゴタツがあることが必須の条件だ。そこへ湯上りでどてらに着がえ、好きな、いい女とふたりで足を突っこむ。部屋の隅に目の見えない、ひね沢庵《たくあん》のようなオバン芸者をひとり置き、三味線の名曲『雪降り』を弾《ひ》かせる。それを聴きながら――ここからでっせ――「こんな女がいたら、さぞや迷わせられるだろうなあ」と思われるような酒を含みつつ、「こんな酒を飲んだら、さぞやいい気持ちに酔えるだろうなあ」と思われるような女と、イチャイチャ、ウダウダばかをいいつつ、カニの身をせせる……。三百字を超過したかな？

そういう宿へ、そういう女と一度私を連れてってくれないかヤ。なお、吹雪《ふぶき》の雪はぼたん雪であることが望ましいが、粉雪でも文句はいいませんゾ。

生きる。

前略。開高さんお尋ねします。
御本業の他に、あなたにとって最も困難なことは何ですか？
（東京都豊島区　一青年より）

人生。
人生そのもの。

ホテルNo.1。

世界中を旅している文豪に質問。各国でいろんなホテルに泊ったことと思いますが、どこの何というホテルがよかったですか？　また、何か思い出がありますか？
（三重県津市　平山　公　公務員25歳）

いくつもあるので、にわかには答えられないが……
その一。アマゾン中流域の、マナウスのトロピカル・ホテル。
これはたった二階建てだけれども、じつにゆったりと建てられてあって、部屋の壁、床板、腰板、ドア、すべてアマゾンでとれた原木で、削りっぱなしでつくってあった。これが何とも温かい感じを与えてくれて、繊維でいえばコットン、座るものでいえば青畳、そういう感じのものであった。やっぱり人間は、石器時代の感覚を捨てられないらしい。むしろそれを捨てられないばかりに、いよいよそれに憧れるという心理が出てくるのだろう。

　ここの部屋に泊った晩は、じつによく眠れた。そして視線が、壁を見ても、腰板を見ても、床を見ても、はじき返されることがない。そのまま吸いこまれていく。見事なものだった。しかし、これはマナウスででもなければできない建築であろうか――。

　それから、その二……。いや、一つだけにしておこう。木が大事だということである。

才能。★★★

才能とはいったい、いかなるものなのでしょうか？ オチンチンのように、生まれ出てくる時に、すでにあるものなのでしょうか、それとも鈍才のボクとしては「信じ続けるという情熱の沼にやがて湧き上ってくるであろうガスのようなもの」と考えたいのですが……。

（大阪府枚方市　可人《やがてびと》　29歳）

確かに生まれ出てくるときに、すでにあるものだろう。しかし、その後の人生で出てくるものでもあるだろう。

ただし、努力がなければ才能も錆《さ》びてしまうだろうから、「霊感・インスピレーションは、九十八パーセントがパースピレーション（汗をかくこと）である」という有名な言葉の教えるとおり、努力がなければ才能というものもどうにもなるまい。放っておいたからといって、オチンチンのように大きくなるものでもない。上を向くものでもないし、下を向くものでもない。おしっこしたからといって、ペシャンコになるものでもない。

私の知っているフクダという男にこの手紙を見せたら、「天才は人口百万に一人あるらしいが、自分を天才だと思っているのも百人に一人はいるらしい」といっていた。めでたいもんだぜ。羨《うらや》ましいよ。私もそんな人になってみたい……。

男の想像力。

★★
★★

私は『オーパ！』を読んで以来、先生の大ファンである二十三歳の乙女です。先生の御写真を眺め暮らしてうっとりしている今日このごろであります。いつか私も誰かのツマとなる日が来るかも知れません。つきましては、先生の知性と教養とキャリアでもって教えて頂きたいことがあるのです。

その一。恐妻家（先生もそのおひとりかと存じますが）というのは、いつ、どこで、どのように作り出されるものなのですか？

その二。「もし男に想像力というものがなかったら、下女も貴婦人も同じだ」とナニカの本で読んだのですが、男の人が自分の奥さんとナニしている時に、急に想像力が低下して、ヨソの女の人か自分のこわいカアチャンか分からなくなることって起こるんですか？

悩める小羊に御教示を。

（奈良の牧羊子より）

あなたがジョークのつもりで「奈良の牧羊子」と記しているのを読ん

だとたんに、もう全身がしびれてしまって、物がいえなくなってしまった。イソップの童話に、子供が冗談でカエルに石を投げた。そうすると、カエルのお母さんが子供に向かって、あなたにとっては冗談かも知れないけれども、私の家族にとっては致命傷です――と訴えたという話があります。あなたのこの最後の一句、これはまさにカエルにとっての石です。あたかも脊髄も、背骨も砕かれてしまいました。すこし考え直してから答えるので、時間をください……。

　ところで、男がカミさんとナニしてるときに、急に想像力が低下して、よその女か自分の恐いカーチャンかわからなくなること――は、起こるかも知れないし、起こらないかも知れないし、のべつ起こしている男もいるかも知れないし、ごくタマにしか起こらない男もいるかも知れないし、起こったことを率直に告白するのもいるだろうし、じつに個体差が多すぎて、この生物の様態はよくわかりかねますネ。いくら研究してみても、わかりません。

　それより何より、あなたの小石が私にはこたえました。トレーナーを差しあげますから、カンニンしてください。

ラーメンVS.カレーライス。

★★
★★

ラーメンとカレーライス——この二大国民食において、日本国民に与えた影響度、浸透度から、その優劣を論じてみてください。

(東京都目黒区　千田文雄　27歳)

難しいが、面白い問題ではあるな。思いつくまま論じてみよう——。

まず、ラーメン。これを食べるときは、おおむね割箸《わりばし》を使う。そして、割箸は捨ててしまう。つまり、酸素資源、木材資源の濫費《らんぴ》というわけだ。

一方、カレーライスはスプーンで食べる。そのスプーンは、洗ってまた使う。したがって、地球上の森林資源をこれ以上略奪しない。となると、緑を守れという運動にカレーライスは直結するものであるから、時代感覚としては最先端を行っているといえるだろう。

ところが、その器をキッチンで洗剤を使って洗うとき、ラーメンとカレーライスでは、残りカスのしつこさからいくと、洗剤を多く使うのはカレーライスであろうか。となると、これは水の汚染——環境汚染に直結するわけだから、せっかく森林資源の乱伐《らんばつ》を防いでおきながら、一方で水を汚しているということになりかねない。この点、ラーメンのほうがいささか勝《まさ》っているか。

ラーメンには大別して、札幌、東京、博多と三種あるとのことである。しかし、カレーライスにそういうタイプがあるとは聞いたことがない。そうなると、ラーメンは個性においてすぐれ、カレーライスは普遍性において勝っているということになるだろうかナ。

博多ラーメンしか食えない九州ッ子が、北海道へ行ったらカルチャー・ショックを受けて、「こんなラーメン食えやしねェ」となったら、後はジンギスカンとトウモロコシしか食べられないが、カレーライスにそういうことが起こるとは考えられないから、浸透度が全日本的、面積が広いという点で、カレーライスであろう。

同時にまた、カレーライスの場合には――ときどきあることだけれども、ちょっと上等なカレーライスとなると、ライスの皿とは別にカレーがおまるに入って出てくる。ご飯の皿と、おまるの二種類の食器が要るわけだ。ラーメンはどんぶり鉢だけである。となれば、経済的にはラーメンのほうが安くて、庶民的であるということになりそうではないか。

われわれ日本人は、忙しい国民である。仕事をしながら食事をとることが多い。そういう場合、ラーメンは箸で食べるために、ほとんどき手しか使えない。カレーライスだと、左手でスプーンを持って食べながら、右手で字を書くこともできる。

それから、テレビを見ながら食べるとなると、ラーメンだと一回一回どんぶり鉢へ目を戻さなければ、ラーメンを箸でつまめない。しかし、カレーライスはスプーンでいったんかきまぜた後なら、テレビに見とれつつも口に運ぶことができる。

ここらあたりは、カレーライスに分《ぶ》があるんじゃないか。それに、ラーメンだと眼鏡が曇るが、カレーライスではそれもまずないし……。

カレーライスというと辛いというので、〝カレェ〟というダジャレが昔からあるくらいだから、大辛、中辛といろいろあるが、辛すぎるカレーはお尻に響いてくる。下痢に直結することもある。ラーメンではそれほど辛いことはないから、お尻関係ではラーメンのほうが優位に立とうが、しかし塩分の採り過ぎの危険があることに注意しなくてはなるまいな。

さて、私は酒を飲む。酒を飲んだ後のラーメンはうまい。飲んだ後にラーメンを食べてから寝ると、最高である。ところが、酒を飲んでしたたか酔っ払って、カレーライスを食う気にはなれない。そうすると、ラーメンのほうが二十四時間、人間に接触してくるにもかかわらず、カレーライスは制限的であるといえるようだ。

ついでながら、二日酔いのときには、ラーメンの汁だけ飲んで二日酔いを治すという手があるが、カレーライスで——ライス抜きのカレーだけでは二日酔いは治せないであろう。

　ラーメンは家庭で食べるよりは（インスタント文化は排そうじゃないか、諸君！）ラーメン屋やら、屋台やら、食堂やら、つまり家の外で食うほうがうまいものだが、カレーライスは食堂でも、レストランでも食べ、家でも食べる。この点の優劣ははなはだつけにくいが、巷《ちまた》のうまいラーメン屋、カレー屋の分布をみると、屋台などで簡単に店を出せるところなど（ヤーさんへのおとしま

えなど厄介《やっかい》なこともあるらしいが)、ラーメンのほうに一日の長があるかと考える。カレーの場合、それはほとんど考えにくい。

冷えたラーメンは、伸びちゃってもいるし、とても食えたものじゃない。その点、カレーライスは冷えてるのもなかなかいける(という人もいる)し、温め直せば何日でも食べられるのだから、ここではカレーが勝る。

鳴門巻の入っていないラーメンはラーメンじゃない――と主張するやつがいる。一方、絶対ラーメンから鳴門巻だけは抜いてくれ――というやつもいる。入れる具について、かなりうるさい注文がつく。

しかし、カレーライスでは鳴門巻は入らないし、鳴門巻に限らず、これが絶対入ってなければならないというものは(カレー粉以外には)ないのだから、カレーライスのほうが融通無碍《ゆうずうむげ》である。

カレーライスは、しばしばトイレを連想させる。とくに駅のソレを。となると、鳴門巻のほうが見た目にいいと主張する向きもあるかもしれない。

女の子を初めて誘うとき、うまいラーメンを食いに行こうというのと、うまいカレーライスを食べさせるというのと、どっちが有効か――という大問題がある。

ただし〝女の子〟というのが、どういう女の子であるかが問われるであろう。たとえば、女子高を出て社会に働きに出たガールフレンドの場合には、おそらくラーメンはあっちこっちで食べているだろうから、カレーライスのほうがまだちょっと引力があるかも知れない。が、親しみを湧かせて一発ねじこもう、食いこもうという考えであるなら、レストランというのはえてしてしゃっちょこばるから、やっぱり油断させて、わき見をさせて、笑わせて、その間にスゥと釣鈎を突っこむという手ならラーメンか。

しかし、ツンと澄ました聖心やら、ヴァッサーやら、ソルボンヌを出てきたインテリのすかした女をたまたま誘うようなことになってしまった場合（ホントは避けたほうがいいゾ！）、やはりラーメンよりはカレーライスのほうがいくらか分があろうかと思われる。この際は、両方の味の問題であるよりは、もっぱら食う場所が問題になるからだ。

もっとも、それが日本に帰ってきたばかりで、鉄火巻やらソバやらが懐《なつ》かしくてしようがない——という段階のインテリ女であるならば、まずラーメン屋へ連れて行き、しかる後にカレーライスへと発展段階をふむのがよろしいかと思われる。

さて、次に。

ラーメンは主食として食べられるが、オヤツとしても食べられるものであり、じじつ食べられている。

一方、カレーライスをオヤツに食おうとか、間食にするというのはあまり聞いたことがない。あるかネ、諸君？

ということになると、一日二十四時間の日本人の時間帯どこにでも対応できるという点では、ラーメンのほうがはるかにフレキシビリティに富んでいるな。

さらに時間帯についていうなら、夜中に食べる屋台のラーメンはひとしおうまいというやつが多い。夜中にカレーライスを食おうにも、屋台のノレンにカレーライスと書いてあるのはめったに出くわさない。したがって、時間および形態の上で、日本人の食生活にはラーメンのほうが深く入っているといえよう……。

カレーの場合には、ついに西洋と結婚してカレーパンを生んだが、ラーメンにはラーメンパンというのがない――という意見もある。

なるほど、最近ではホットドッグみたいなパンの間に焼きソバをはさんだものがあるけれども、ラーメンの場合は汁ものだから、これは無理であってカレーに一歩を譲るか。

ところが、ここでも反論があるかもしれない。学生街の食堂などでは、ラーメンご飯という一品があるけれど、カレーライスご飯というのは――最初からご飯がついているのだし――あり得ない。と同時に、カレーライスをカレーご飯と呼びかえることさえも難しい。

ところがまたまた、強力な反論が用意されている――カレーパン同様、カレーが日本と結婚してカレーうどん、カレーソバも生まれたが、ラーメンご飯はあったにもせよ、うどんやソバの上にラーメンをのっけて、ラーメンうどん、ラーメンソバなどつくりようがないではないか、というのである。もっともだ。カレーの勝ちである。

ラーメンというのは、日本にのみ見られる現象である。中華の場合だと、ワンタンとか、ジャージャーメンとか、ワンタンメンになって、ラーメンという単純素朴な形態を排しているが、しかし漢字ではラーメンは柳麵、拉麵、撈麵などと書いて読ませる点、カレーライスはカタカナか Curried rice と横文字で書くだけである。言語学的にいえば、ラーメンのほうがいささか幅が広いし、奥が深いとも考えられよう。

高級度ではどうか――？

インド人経営のレストラン――アジャンタとか、タージとかの高級レストランへ行くと、何千円というカレーライスがある。のみならず、料理の専門家と話したところによると、カレーライスもつくり方によっては、レストランで三万円、四万円、五万円と値段をとれるそうである。要するに、そういうところまで発達できて、高級料理になり得るわけだ。

片やラーメンでは、そのようなことは起こり得ないであろう。いつか、どこかで、どこかに五千円のラーメンがあると聞いたことがあるが、いったいラーメンのどこにそれほどの金がかかっているのだろうか？

高級度ではカレーライスである。

ま、両者の優劣を論じていてもキリがないので、カレー・ラーメンというものを食べて終わりにしたい……。

唯《ゆい》我《が》独《どく》尊《そん》。★★★★

釈迦《しゃか》が天上天下唯我独尊と言った時、後世の識者はそれを、釈迦のうぬぼれとは解さず、〝人は誰しも生まれつき自分は尊いものだ〟と言うことを釈迦は言っているんだと解したのだが、俺にはそうは思えません。なぜなら釈迦がそのように言ったのは、まだ悟りをひらく前のことだからです。だから、俺はそのことを識者が無視して解するのはおかしいと思う。その時は、釈迦も単なる凡人であったからです。まあ、とかく偉人は伝説化されやすいので、多少は仕方がないと思うが、先生はどのように思われますか。俺は単なる釈迦のうぬぼれだと思うんですが——。

(兵庫県三原郡　下司《げす》のかんぐり)

君の解釈のとおりに「天上天下唯我独尊」と釈迦がいった後、挫折して悟りをひらいたのかもしれないし、君の解釈があるいは正しいのでもあろうが、私は釈迦とその哲学について あまり深い研究をしたことがないので、うまく答えられない。

ただ、ひとつ申しあげておくと、もしも君がふつうの人生でない——たとえば、かりに芸術なら芸術、なにか創造的な仕事をやってこの世を渉《わた》っていきたいと思うときには、

「天上天下唯我独尊」——うぬぼれの極というようなものを心のどこかに持たないかぎり、仕事は持続できないよ。

うぬぼれだけを罵《ののし》ってはいけない。おそらく君は、うぬぼれを罵っているのではないかと思える文章だけれども、罵ることはない。うぬぼれから出てくる、いいものもある。しばしば——というよりは、のべつ——というよりは大半バカなものばかりだけれども、ときにはうぬぼれからいいものも出てくるんだ。

そういうこともある——ということにやがて君は思い当たるであろう。もうちょっと我慢して生きてみてごらんよ。

流亡記。★★★

先生の数多い小説の中でも『流亡記』は、最高傑作だと思います。私はこの十年間、この作品を何度読み返したかしれません。これはまさに長編詩。時代を超えた現代詩といえる文体と想像力には、感動を通りすぎて、羨望と嫉妬を覚えます。

先生が長い間、読み続けているのはどんな作品ですか？

（埼玉県北葛飾郡　堀越利雄　35歳）

私の昔の作品をそんなふうに評価

していただいて、たいへん嬉しい。死んだ子が蘇《よみがえ》ったような感動を覚える。君にはなにかを答えるとか答えないとかいうよりも、ただ、もう感謝の気持ちでいっぱいである。

しかし、それではソッケなさすぎると君が思うかもしれないので答えておきたいが、長い間読みつづけている作品というものはない。十年ぐらい間を置いたり、五年ぐらい間を置いたりして読み返すという作品はないでもない——たとえば梶井基次郎。たとえば中島敦。こうした人たちの作品は読み飽きない。それも、ところどころ休み休みの休憩時間を置いてから読むと、新鮮になる。

本当にありがとう。感謝する。日

本も捨てたもんじゃないな。

人間の価値。

★★
★★

私は四国の某国立大学に通う大学一年生です。一浪して大学へ入ったわけですが、近頃、思うのです。それは、「人間の価値は、何できまるか」ということです。高校時代の同級生で、二浪目の男がいます。彼は、人間は東大を出ていなければ人間でないというように考えております。それを私は疑問に思うのです。開高先生は、どのようにお考えになるでしょうか。

（徳島県小松島市　曽川晃一　20歳）


君は二十歳であるらしいが、その年ごろならばそういうことを考えるのは当然である。しかし、これには価値基準が無数にあり、君が今後どういう人生を送るかによって決まることであって、いまから決めることはできないんだ。君が君自身を決定したくて、なにか志を持っていてそれについてどう思うか——というのなら答えようもあるが、人間の価値とは何で決まるかと訊かれては、何の答えようもない。

　しかし、まあ、君のために昔の人の言葉を一つだけ引用しておくと、

「人の一生は棺《ひつぎ》を覆《おお》うて定まる」

　というのがある。つまり、死んでみなければ評価のしようがない。差し引きの総決算は死んでからなんだ。それでも、死んでからでも差し引きの総決算ができない人生というものもあり、人間というものもあると考えておきなさい。

　また、ギリシャの古い諺《ことわざ》にいわく——「自分を知るには一生かかる」

戦場のカメラマン。

★★
★★

前略
　小生は、沢田教一やロバート・キャパを尊敬しております。武器にもならないカメラを持ち、激戦地へ赴《おもむ》いていった彼らに、凄惨《せいさん》なロマンを感じるのです。
　巨匠は、ベトナムで沢田や峯弘道、あるいはラリー・バローズといったカメラマンにお会いになりましたか？　もし会ったなら、そのときの様子を教えてください。
敬白

（京都府京都市　ウォーター・クラッシュ）

　私のいた最前線の陣地には、沢田君も峯君もいなかったので、私は彼らに会っていない。彼らの仕事は尊敬しているけれども、直接には会っていない。
　しかし、私には朝日新聞の秋元敬一というカメラマンが一緒だった。この男は非常によい仕事をした。飲む、打つ、買うの三拍子だったが、いい仕事をする男に限ってこういう傾向があるんであって、その点を非難してはいけない。カメラマンは仕事だから、仕事の結果だけで判断すべきである。私生活は家庭裁判所と

かに任《まか》せておけばいいんで——そこの連中にそういうことが理解できるとしての話だが——、ともかく秋元は、ジャングルの中で完全包囲され、しかも撃ってくるやつの姿も銃火も見えないが、至近弾ばかりが鉄砲の音より先に飛んでくるという状態の中で、シャッターを押しつづけていた。私はすぐ横にいたから、いままでも銃弾の音とシャッターの音が耳に残っているくらいである。

断わっておくが、銃弾の音とは言ってもこの場合は重機関銃、軽機関銃、カービン銃、それから空からのロケット、後方からの155ミリ榴弾砲の音がまじり合っているのである。そこへ無線電信兵の叫び、ありとあらゆる騒音と叫びの中でも、彼のシャッターの音はとだえることがなかったんだ。

プロというものは、こうでなければいけない。幸い彼も私も、一発も弾は浴びず、ジャングル・ダニに横腹をかじられただけで帰還できたんだけれども、これは奇蹟に近い生還だった。なにしろ、二百人中十七人しか助からなかったのだから……。

しかし、秋元はジャングルからサイゴンへ戻って一風呂浴びると、その足でどこかへ出かけていった。どこへ行ったか知らないが、帰ってきたときはひと皮むけたような、爽《さわ》やかな顔をしていた。

そういう男だった。立派な男だっ

た。その秋元も、いまは亡い。

合掌。

ご馳走。★★★★

先生。料理には二種類あると思います。ひとつはハレの料理というか、豪華で手の込んだ料理です。これこそ、ご馳走という感じで、たしかにおいしいのですが、すぐ疲れたり、飽きてしまいます。

　そんなとき、お茶漬けなどあっさりしたものを食べると、本当においしいですね。先生、本当のご馳走というものは、そんなものではないでしょうか？

（千葉県市原市　川口芳樹　会社員）

君にとっての本当のご馳走が、そのまま他人にとっても本当のご馳走になるかどうかは疑わしい。本当のご馳走というのは、食べて食べて食べ飽きないご馳走のことをいうんじゃないかと思う。

食べて、おなかがくちくなって、いい気持ちになって眠くなるというのもご馳走だろうけれども、それは地上的なご馳走である。天上的なご馳走というのは、食べれば食べるほどいよいよ食べられ、しかも飽きない。そして爽《さわ》やかに眠れる。くちくなった感じもしない。飽満感を与えない。こういうのが本当のご馳走というものだろうと思う。

かつて一度だけだが、私は十二時間にわたって洋食を食べつづけ、決して飽きなかったという経験を味わったことがある。その後、絶えて久しくそういうことには出くわしてないが、もし、そういう天上的なご馳走を君が提供してくれるなら、どこへでも行くぞ。十二時間あけておくぞ。請うご一報。

しかし、まあ、ハレのご馳走があれば、あとケ（褻）のご馳走というのもあっていい。超越的なご馳走を食べた後に、お茶漬けさらさらというのは、ドラマの手法にかなっているな。つまり、相反するものを結合せよという原理だ。これは古代ギリシャ以来の古い手だけれども、飽きられることもないし、いつまでも感銘を誘い出す人間性にかなったものでもある。だから、ハレとケを組み合わせるのは賢いといえる。だいたいのところ、いつでもどこでも、そういうふうにやっているんだ。古今東西、その点だけはみんな気をつけているように思う。君だけではあるまい。

　君も今後は、地上的なご馳走の探求も結構だけれども、私がいったように十二時間食べつづけても飽きない、いよいよ食べたくなるような、そういう天上的なご馳走も探してごらんよ。

指の記憶。★★★★

かねがね疑問に思っていた点につきご教示ください。

　川端康成の『雪国』で、主人公が国境《くにざかい》のトンネルをくぐって温泉へ行くと、久し振りに会った芸者に主人公は「指だけが覚えていた」とかなんとかいうせりふがありました。これは意味深のようでもありますが、本当のところはどういうことなのでしょうか。

（宮城県仙台市　皆川雅一　大学2年生）

川端さんのはぼかし文学といって

もいい発想法で書かれている作品である。君の指摘するところは、有識者の間でも有名になっている部分だ。昔、その女とどういうふうに指を使いあったのか、はっきり書かれていないのだから、決定的には誰も答えることはできない。女と、指と指を絡《から》みあわせた、その指の先の感触を覚えていたということなのか、それとも指きりゲンマンをやったときの指なのか——。

しかし、もうすこし色っぽく解釈したほうが、味があるんじゃないかな。つまり、一本か二本かは問わず、指を女のへそから下で使う方法があり、それはまことに女のいろんなものが伝わってくる指の使い方だ、私はかねがねそう解釈していたけれども、こういう説明を聞いて、君はどう思う？

ちなみに、私の身辺には立木義浩という指先を使うエキスパートがいるから、彼にも訊いてみた。

（立木義浩・談）仕事の場合、指というやつはわりと乾燥しているところで使うんだけれど、本質的に湿地帯を求めるものらしい。特に男の人差し指と中指というのは、なにやら湿り気があって暖かく、やわらかなところがお好きなんだね。この末端からは子宮願望というようなものが出ているらしく、したがってどうしても穴蔵を求めて徘徊するのは当然のことでしょう……。

淀川長治。★★

しばらく前のこと、サントリーのセミナーに行ってみましたら、先生が淀川長治さんと「映画と酒」について語っておられましたが、壇上でおふたりの間には一種異様な、ただならぬ磁力が交わされているようにお見受けいたしました。ひょっとして、おふたりの間にはなにか〝怪しい関係〟でもあるのでしょうか？

（東京都港区　塩谷淳之　会社員25歳）

私は高いところでライトを浴びせられるとのぼせる癖があって、なにもわからなくなる。口はしゃべっているけれども、目も耳も働かなくなる。そうなる特性がある。だからあの日、あの夕方、淀川長治さんと私の間に一種異様な、ただならぬ磁力がとびかっていたとしても、私にはそれを感知することはできなかった、残念ながら。

しかし、君が言外にいいたいのは同性愛とでもいうべきことなんだろうが、とするなら、同性愛者というのは一瞥《いちべつ》でお互い同士を見ぬくそうだから、むしろ君こそ淀川さんに磁力を飛ばしてたんじゃないのかい。

君、おしりは大丈夫か。前は大丈夫か。君はオタチなのか、オネエなのか。わかっているのか。

翔《と》ぶ女。

★★
★★

私の彼女は、俗にいうキャリア・ウーマンです。二年前に大学を卒業し、デパートに勤めたのですが、そのデパートは、消費者は主婦、女性が多いし女性社員を積極的に登用しているせいでしょうか、彼女は責任のある仕事を与えられ、充実した毎日を送っているようです。

私も古い男尊女卑の考えの持主ではありません。彼女の生き生きとした姿に拍手を送りこそすれ、けなすつもりは毛頭《もうとう》ありませんでした。

ところが彼女に結婚を迫ると、「今の仕事が落着くまで、もう少し待ってくれ」といい、私の上司に紹介しようとすれば、その日は仕事で空いてない、「今晩会おう」というと「仕事の約束がある」といった調子です。その上、だんだん仕事の充足がそうさせるのか、私を含めて男たちを見下すような感じになってきました。どうも小《こ》賢《ざか》しい〝キャリア・ウーマン〟という、私が恐れていた道に踏みこんでしまったようなのです。

文豪、私はどうすべきでしょうか。そんな女はこちらから別れてしまうか、強引に殴って従わせる

か、哀願するか、それとも……？

（埼玉県与野市　悩める未来の夫
26歳）

その女だけが君にとって女だというのなら致し方ないが、女なんてたくさんいるぞ。むしろいまの日本では、君の世代の前後は、女のほうが男の数より多いんじゃないのかな。つまらん女にひっかかって、あたら貴重な青春を空費するのはやめなさい。さっさと諦《あきら》めろ。殴るまでもない。哀願するまでもない。強姦、レイプするまでもない。どうしたところで君は後悔するだけだ。別れるしかない。

そういう種類の女は、自分で悟らなきゃわからないんだ。が、無限に自己弁解の口実を見出して、自分を慰めていくだろうし弁解していくだろうから、一生悟ることはあるまい。こういうのを〝賢《さか》しら〟という。賢《かしこ》ぶってるドアホという意味だ。それにもうすこし学がつくと、フランス語でファンム・サヴァント（女学者）といって、もっとタチが悪くなるんだが、モリエールがとうの昔にからかっているくらいのもんだ。

もう一回、いう。バカは死ななきゃ直らない。ぐずぐずするな。やめろ。別れろ。去れ。電話もかけるな。女はたくさんいる。バカバカしい。

モリエール◉フランスの喜劇作家（1622～73）。フランス古典喜劇を確立した天才で、『才女気どり』が大成功して売れっ子となり、『女房学校』『タルチュフ』『守銭奴』『人間嫌い』『女学者』などのほか、ドン・ジュアンというカサノヴァと並ぶ男の典型をつくった。

モーツァルトふたたび。★★★

文豪の小説の大ファンです。おまけにモーツァルトが好きであることも、ぼくにはとても嬉しいことです。

しかし、文豪は『ジュピター』にしか言及されてませんね。ぼくがつらつら考えるに、ヴォルフガンク・アマデウス・モーツァルトは、歌劇に尽きるのではないでしょうか。『フィガロの結婚』『ドン・ジョヴァンニ』、そしてとりわけ『魔笛』です（むろん、軽《かろ》や

かな『コシ・ファン・トゥッテ』も傑作です)。

ぼくはそう確信するのですが、文豪のご意見はいかに……?

(福岡県北九州市　宇美みつる　24歳)

さよう。大半のモーツァルト学者とモーツァルト・ファンは、君のいうとおりである。その意見を支持するだろうし、私もそれらの歌劇がきらいではない。いや、しばしば鼓舞激励されて、生きていく勇気を与えられることがある。

しかし、私にはある濃厚な体験があって、『ジュピター』が好きなんだ。41番だ。40番より41番なのである。ただし、その濃厚な体験をしゃべっていると、私は小説家でなくなってしまう。いずれ作品にして発表するから、それまで待っていてくれたまえ。

赤提灯。★★★★

日本中に赤ちょうちん、縄のれんなどと俗に呼ばれる焼き鳥屋、おでん屋、タコ焼き屋etc……が何万軒あるのか知りませんが、毎晩、莫大な数の男(近ごろは女も)が通っています。

私自身は人づきあいもあまりせず、酒も飲めず、タバコも喫《す》わず、ときどきおしるこ屋でトコロテン

などをするくらいしか能のない男ですが、あの赤ちょうちんで費やされる時間とエネルギーについて、ときどきとても疑問が湧いてくるのです。

先生、赤ちょうちんや縄のれんの効能とは、どういうことなんでしょうか。教えてください。

（東京都大田区　長野あきら　会社員　26歳）

酒も飲めず、タバコも喫えない君に赤ちょうちんの効能を説いても仕方がないような気がするな。あれは、効能をどうこうするよりも、まず行って食べ、飲むところなんだからね。

しかし、ま、こんな風に考えてみたらどうだろうか——。カトリック教徒は心にアカや毒がたまってくると、教会へ行って神父さまに告白する。そして心の荷をおろして、生き生きとして出てくる。しばらくすると、また悪をやって教会へ行くらしいがね。

ところで、キリスト教徒でもなく、それに仏教徒でもない、われわれ一般的、平均的日本人の男が、一日の生活の心のアカを落とすのは、赤ちょうちん、縄のれんしかないんだな。あそこでストレスを解消しないでそのまま家に帰ると、君のようにおしるこ屋でトコロテンをするしかなくなるだろう。それでは、日本国は生きていけない。

あそこで男たちは、主として上役の悪口、女房の悪口、これを肴《さかな》に酒を飲みだす。しかし、ときには悪口をいわれない上役というものもいる（たとえば本誌の編集長と副編集長）。

それから、次にやるのが仕事の話なんだ。きょう一日の仕事を心の中でおさらいして、ああしたらいいんじゃないか、こうしたらいいんじゃないか――ということを肴に日本の男は酒を飲む。つまりそれは、労働時間の延長だというわけさ。

日本の労働人口が、かりに六千万とする。そのうち三分の二が男であるとする。そしてその半分が酒を飲める男で赤ちょうちんに通うとする。するど、いったいどれだけの人数になるか。ざっと二千万と数える。その二千万人が一時間、仕事の話をしてみたまえ。のべ二千万時間という厖大《ぼうだい》な時間が、ここに月給なしで浮いてくるじゃないか。この経済効果たるや、日本国にとって計りしれないものがあるんだ。

しかも、全日本で毎晩のことである。飲み屋で議論した仕事の話、それをあくる日会社へ持って行って、再検討して、それをオフィスなり工場なり設計図なりで実行に移すわけだ。会社側としては、賃金を払わないで一時間を提供してもらっているということになるんだな。

献血といういい方があるが、これはつまり献時間だ。日本の労働力は質が優秀なので世界に冠たるものがあるが、その上質の労働人口が、毎日欠かさず二千万時間、倦《う》まずたゆまず全日本で無給で働いているんだ。この経済効率はすごい。これがわれらの、産業の発展の巨大な基礎になっていると思う。

どうだ、君も赤ちょうちんの仲間になって、一人前の大人になってみたらどうかね。おしるこ屋からは、こういう国を支える力は生まれてこまい……。

愛の能動と受動。★★★

開高さんは、人を愛することと、人から愛されることの、どちらを難しいとお考えでしょうか。

（山梨県甲府市　田中　功　学生　20歳）

どちらも同じ程度に難しい。質も難しく、量も難しい。質量ともに、同じように両方とも難しい。なかなかできない。

その前に、まず人は愛せるものかを考えてつまずいたり、だまりこんでしまったりすることが多い。人間は複雑だし、人生は深いよ。

タイム・トラベル。★★

タイム・トラベルにつき、感想を二百字以内で述べよ。

（栃木県小山市　八木沢某　浪人21歳）

「H・G・ウェルズ氏開発による、現在、世界中のありとあらゆる旅行エージェントに汚染されていない、たったひとつの旅行――」

二百字からはみ出しそうだけれども、タイム・トラベルの映画でいうと、むかしなら『夜ごとの美女』、最近の作品では『タイム・バンディッツ』――日本題では『バンデットQ』となっていた。この映画によると、時を超えて旅するときの呪文は、「オ、ラ、イ、ナエ」。これを唱《とな》えるとよろしいとか……。

H・G・ウェルズ◉イギリスの小説家（1866〜1946）。ジャーナリストから作家に転身し『タイム・マシーン』『透明人間』などを書き、SFの創始者と呼ばれる。

『夜ごとの美女』◉ジェラール・フィリップ、マルチーヌ・キャロル、ジーナ・ロロブリジーダ主演の、フランスの喜劇映画。名匠ルネ・クレールがシナリオを書くと同時にメガホンをとった、大人のためのしゃれた名作。

『バンデットQ』◉ショーン・コネリー主演の映画で、タイム・スリップで時代を行き来する、盗賊の物語。評判にはならなかったが、なかなかによくできた愉しい作品――だと、開高健はいう。

『輝ける闇』。

★★
★★

☆『輝ける闇』、久しぶりに良いものを読ませて頂きました。先生はベトナム戦争へ、記者として行かれたわけですが、あそこへ行こうと考えた動機を教えてください。
☆あの戦争でベトナムの人びとが得たものは何なのでしょうか。
☆釣師・開高さんは、大きいもの（マス類）を日本では釣っているようですが、タナゴのようなものはやらないのですか。

（神奈川県相模原市　塩野昭夫　22

歳）

一、ベトナム戦争へ行った動機をお尋ねである。私が初めて行ったときは、日本にはまだ、ベトナムのことはほとんど報道されていなかった。なにやらのべつモメている国らしいデ——というぐらいの感覚しかなかった。それで私は記者として行ったんだけれども、これは身分でしかない。動機は、すべての旅行者と同じである。行きたいから行ったのだ。旅行に、いちいち動機を考えることはない。

二、それから、あの戦争でベトナムの人びとが得たものは何かと、君はいう。それは、誰に訊く質問なのだろう。ベトナム人でない私に訊いても始まらないんじゃないのかな。

それに、ベトナムの人びとが得たものは何かという質問と同時に、あれだけ九死に一生、死にもの狂い、命からがらでボートピープルが逃げ出してくるところを見れば、あの戦争でベトナムの人びとが失ったものは何かという質問もしなくてはなるまい。

いずれにしても、これはベトナムの人びとに訊く問題だろう。逃げ出した人びと、残っている人びと、しかも現体制に賛成している人びと、現体制に心中ひそかに反対している人、どちらでもない人——いろいろなベトナム人がいると思うが、ともあれベトナムの人びとに訊くしかない質問だと思うよ。
三、私は特に、大物ばかりをめざしているわけじゃない。釣りは大小ではない。魚は魚、一匹は一匹、女は女だという私の哲学がある。ただ、大きくなれる魚であるならば、なるべく大きいものを釣って、姿をいっぺんよく見ておきたいものだと思っているんだ。いずれ私が足腰たたなくなって、しかしタナゴを釣れるくらいの力だけは残っているという年齢になれば、タナゴ釣りも喜んでやるつもりである。

『輝ける闇』◉ベトナム戦争にレポーターとして従軍した経験をもとに書き下した、知識人の苦しみを描いた作品。ハイデッガーの「現代は輝ける闇である」という言葉から、表題はとられているが、その逆説的な表現があますところなく描き出された傑作。毎日出版文化賞を受けている。英訳も、アメリカで絶讃された。

口と舌。★★★★

前略
　料理の味わいを評価するとき、味覚は当然のことながら重視されていますが、口ざわり、舌ざわりというものについては、温度とかたさ以外は、非常によい時と悪い時以外は評価の対象として軽視されすぎていると思います。
　私は味覚と口ざわり、舌ざわりは肩を並べて評価してよいものだと思っていますが、開高さんのご意見をおねがいします。
（兵庫県養父郡　酒のよさがまだわからぬ18歳）

　賛成。大賛成である。かねがね私もそう思っている。

　口ざわり、舌ざわりは大事だ。酒のよさがまだわからぬ十八歳——と君は書いているけれども、なかなかどうして、たいへんな大人ぶり、あっぱれである。

　酒でこれをいおうとするとどうなるか。容器である。つまり、瀬戸物のおちょこで飲むか、ガラスのコップで飲むか、金属のコップで飲むか、プラスチックのコップで飲むか、それによって酒の味はぐんと変わる。口についたときの感覚、これは絶対に大事である。もちろん、舌ざわりも当然である。

もう一つ、酒でいっておこう。そのように唇で飲み、舌で飲み、歯で飲み、のどで飲み、最後にゲロゲロを出す分では全身で飲み——あるいは全身で出すということになるが、みんなが忘れている大事な部分がまだある。それは歯ぐきだ。

酒を一滴、舌にのせ、歯の裏、舌の全体でころころ回し、それからごくりとのどへ送りこむ。これがふつうの飲み方だが、その最後にもう一回、歯ぐきに回してやる。歯ぐきにしみこませるのである。

このあたりにはいい感覚帯があって、また別の酒の性格を理解することができるんだが、これをやってると、君はモグモグとチューインガムを噛むような口つきになる。西洋人はそういう口つきをしてブドウ酒を飲んでいる男を見ると、彼はワインの噛み方を知っている——He knows how to chew the wine. などといったりする。これは褒《ほ》め言葉なんだ。それにも気をつけなさい。いいね。

★★
★★

山本周五郎。

二年前でしたか、大兄様が教育テレビの『青べか物語』で周五郎について話しているのを聞いて、彼の作品に接するようになりました。以来、時も、場所も選ばずに読める、この作家が好きになりました。読み終わると、春の日射《ひざ》しに似たあたたかいものが心を和《なご》ませてくれます。ほどほどの幸福を感じるのです。大兄様の好きな山周さんの作品と理由をお聞かせください。

（福岡県北九州市　貞金勝則）

彼の作品は中年以後によくなった、と私は見ている。そのためにたくさんの若書きを重ねてこなければならなかった。

彼の作品を読んでいると、青畳に座っていい米のごはんをいいおしんこで食べているような感触を与えてくれるだろう。そのはずだ。大衆文学だとか純文学だとかケジメをつける必要はないんであって、そんなことにこだわりなく楽しむがよろしい。

彼は文体家であった。スタイリストであった（スタイリストというと、日本では悪い意味にとられがちだが、よき個性がくっきりと個性のある文体に乗っていることをそう呼ぶのであって、欧米では最大の讃辞である）。そして、彼はひた隠しに隠しているように見えるのだが、たいへんハイカラであり、おしゃれであったと私は見ている。世間的にそれをハイカラとかおしゃれと理解していいかどうかは別だが、そういう意味で彼は庶民のことを書いていたかもしれないけれども、志に高いところがあった。

いや、しかしこんな議論はよけいなことだ。君が読んでよければそれでいいんだ。よけいなことを言ってしまった。

名器あり？

★★
★★

男は毎日、寄るとさわると、ぼくの上役も同僚も後輩も、名器だとか、鈍器だとか、粗器だとか、そんな話ばっかりしていますが、本当に名器なんてあるものでしょうか？

（愛知県豊田市　森田寛一　27歳）

あるんだと思いたいけれども、出くわしたことがないから、はっきりあると保証しがたいな。ミミズ千匹とかタコとかキンチャクとか、三段締めだとか無数の表現があるけれども、じっさいにはあまりいないんじゃないだろうか。人口比でみれば、稀少なんだと思うよ。まあ、しょう油とソースが違う程度には、性能の違うものはあるんだろうけどネ。

しかし、そういうあるのかないのかわからないものを探し歩くのもいいが、君、惚れた女ならすべて名器なんだといいたい。ここに問題があるんだし、それが問題だと思ったほうがいいんじゃないかな。（とはいったものの、どこかに名器で、しかも暇なのがいたら紹介してくれ……）

釣りに赴く条件。★★★★

先生の釣りに行く条件とは、何でしょうか。（例・未開の土地の釣り）

（埼玉県上尾市　松井高士）

一、家から飛び出したくなったとき。
二、何もかもイヤになったとき。
三、いっさいがっさいが苦痛に感じられるようになったとき。
四、身の回りのすべてがバラバラに分解するような気持ちになったとき。

五、まだ行ったことのない湖。
六、行ったことのない国の川。
七、釣ったことのない魚。
八、以上すべてを合わせて、まだまだたくさんの条件がある。書き尽くせない。

しかし、仏教信者がお寺へ行き、キリスト教信者が教会へ行き、回教徒がメッカを拝むように、私は川へ行くんだ。

苦労。

★★★

若い時は苦労したほうがよいと、以前母から聞きましたが、本当でしょうか。先生は若い頃どんな苦労をされ、現在、何かの役に立っていますか。
（東京都府中市　某都立高校3年生）

そう、君の母上のいうとおりだ。若いときは苦労したほうがよい。精神的にも肉体的にも、苦労したほうがよい。

苦労している間はそれがつらい、たいへんにつらい。しかし後になって振り返ってみると、それは甘く感じられる。私が若いときにした苦労を挙げているとキリがないから、この欄で話しているゆとりがない。それは残念に思うけれども、現在その苦労が何かの役に立っているかとのご質問——これには答えられない。

両手をポンと打って、右の手か左の手かどちらが鳴ったかと訊くようなもので、若いときのどんな苦労が現在五十三歳の私にどんなに役に立っているかということは、なかなかにわからない。おそらく土壇場の危機がくればわかるんじゃないかとは思うけれども、いまのところ危機がないから、はなはだケジメがつけにくい。答えにならなくて恐縮だ。しかし、やっぱり苦労はしたほうがいいんだよ。

醬油党。★★

私は、ほとんどの料理にしょう油をかけます。しかし、私がたとえばフライにしょう油をかけているのを見ると、ほとんどの人が田舎者だといって嗤《わら》います。でも、おいしいのだから仕方がないじゃないですか。むしろ、エビフライにはソースを、エビ天にはしょう油というふうに決めこむほうが、思考の硬直というものではないのでしょうか。先生の卓見を聞きたいのです。

（東京都板橋区　成宮淳二　会社員　22歳）

理論的には、君のいうことはまったく正しい。君が好きだというのだから、それでいいでしょう。好きなものはどうしようもないンだし、それを恥じる必要もない。君がソースをかけるべきところへ醬油をかけるのを見て、田舎者と嗤うやつのことを嗤っておけばいいんだ。趣味の問題については、原則がないんだし、曲げられない原則というものもないのだ。ドンドンやりたまえ。ただし、君といっしょに私が食卓につかなければならないのなら、ちょっとははなれて座ることを許して頂きたいな。趣味は個人の自由だからネ。

シュナップス。

★★
★★

今、ジャック・ヒギンスの『脱出航路』を読んでいるところですが、作品の中に出てくるシュナップスって、どんな飲み物なんですか？

（秋田県仙北郡　H・K　高校2年生　17歳）

シュナップスは、ふつう、ドイツの焼酎だと考えればよろしい。むかしの日本語では〝火酒〟と訳されていた。現在では、度数はウィスキーと同じ四十三度前後。原料はジャガイモ、大麦その他。概していって、透明である。よく冷やして飲む。中には茴香《アニス》の香りをつけたものもある。

有名なものでは、ドイツのシンケンヘーガー、シュタインヘーガー。それからスカンジナビアではアクヴァヴィットなどがある。が、ま、シュナップスというのはドイツ語だから、だいたいドイツ文化圏にできる焼酎だと考えておけばいいんだ。ウォツカもシュナップスのうちに入るけれども、ウォツカはウォツカとして扱われてるナ。

さて、シュナップスにはドイツ独特の飲み方があるから、ひとつ教えておこう。よく冷やした生ビールをグビリ、と一杯飲む。すると腹が冷たくなる。だぶつく。そこへシュナップスをチビリ、と一口やる。腹がギュッと温かくなってしまる。温かくなるのをヴァルム、冷たくなるのをカルト。これを交互に繰りかえす。ヴァルム、カルト、ヴァルム、カルトというぐあいやね。

これをやると健康によろしい、二日酔いもしないといわれているんだけれども、私はミュンヘンでも西ベルリンでも、したたかに二日酔いした。しかし、気持ちのよい酔い方である。もとはといえば、貧乏人の発明なんだよ。ビールだけでは、税金ばかりとられてなかなか酔えない。そこで勝負を早くするために、キックを与えたってわけだ。そのキックの役を、シュナップスがやった。それがいまだに伝えられてるんだナ。

ミュンヘンでも、ベルリンでも、デュッセルドルフでも、この飲み方を教えてくれる。これをやるようになると、君はすくなくとも酒場ではだけは、ちょっと尊敬されるだろう。酒場の外へ出たらどうかは知らんが、ネ。

……と、ここまで答え終わったら、遊びにきてたわけ知りのミケランジェロこと立木義浩先生が、

「ハハア、胃袋のキン冷法でっか……」

とおっしゃった。流石《さすが》に大将、いいことというデ。このキン冷法の説明

をしてると、長くスペースをとっちまうから、改めて方法論を説くことにしよう――これはグラスじゃなくて、金ダライでやるんだが。

泣くが嫌さに笑って候。

★★★

文豪にお尋ねしたいことがありペンを取った、文豪の愛読者の一人です。次の質問にお答えください。

「泣くが嫌さに笑って候」という言葉を文豪は何度か引用されていますが、出典を教えてください。いい言葉だと僕自身、気に入っているのですが、誰の言葉なのかどうしてもわかりません。

（広島県安芸郡――質問したのだからジッポのライターをもらえると思っている愚か者）

いま原典が手許にないので、しっかりと答えることができないんだけれども、最初にこの言葉をいったのは『フィガロの結婚』を書いたボーマルシェじゃあなかったかな。しかし、バーナード・ショーも同じせりふを書いていたと思う。

それから、むかし――といっても半世紀とちょっと前――、中国で出ていた『幽黙《ユーモア》』という雑誌、これは林語堂が編集していた高級ユーモア誌だったけれども、そこにも「泣くが嫌さに笑って候」という言葉が引用されていた。もちろん、その雑誌が出てたころ、私はまだ生まれてなかったけど、ね。

ボーマルシェ◉
フランスの劇作家（1732〜99）。『セビーリャの理髪師』『フィガロの結婚』を書いて大当りをとった。

バーナード・ショー◉
イギリスの劇作家・批評家（1856〜1950）。アイルランドのダブリンに生まれ、独学で学んで知識はとどまるところなく、筆先は鋭く、劇作よりは批評家として才能を示した。

林語堂◉
中国の文学者（1895〜1976）。アジア人の作家で、世界でもっとも読まれた人。ユーモアの重要性を説き、魯迅らの反対にあったが、後に渡米し、英語力を駆使してかずかずの新聞コラムを執筆、リン・ユータンの名を知らしめた。『北京好日』など。

告白。★★★★

前略
　小説の手法について一つ、お尋ねいたします。

　小説の出発点として、心理分析主義ならびに告白調の排除を掲げられた先生が、何故、代表作と言うべき『夏の闇』の中に於いて再びその中へ帰って行かれたのでしょうか。

　たいへん失礼ながら、もう一つお尋ねいたします。「大阪」を捨てて行かれたのは、何故でしょうか。

〔追伸〕どうか「小説」をお書きになってください。我々読者は、ひたすらフィクションを期待しております。

（兵庫県芦屋市　天野晃好　28歳）


『夏の闇』の前に、『輝ける闇』という小説を私は書いた。これは外へ外へと立ち向かっていく心を描いたものである。『夏の闇』はその第二部として書いたので、逆に内へ内へといく心を書く必要があった。それで、ああいうものになったわけだね。

　もう三十年も前、私は個人の心の内面を描く文学はすでに終わった。なにもかも書き尽くされてしまった。十代、二十代、そう思って暮らしていた。だから、小説家にならずに、ウィスキー会社のコピーライターをやっていたんだ。

しかし、あるときから小説を書くようになり、それからまたいろいろな人生体験を積んでいくうちに、私の人生は一回しかない、そうすると私の心の変化に寄り添っていくしかないということに気がついた。つまり、突っぱりが消えたということになる。突っぱりが消えると、小説はうまくいけばマルクなるし、悪くいけば腰抜けになる。どちらになるのか自分ではわからないので、むしろ読者に訊いてみたいところだナ。

なお、大阪を捨てたのはなぜか——とのご質問。これは当時、私はウィスキー屋に勤めるサラリーマンだったわけで、宣伝活動が活発になりだした時代であり、東京が宣伝の中心になるという時代の流れを会社が早く悟り、それで宣伝マンを東京へ移した。私は宣伝部員だったために、大阪から東京へと移ったんで、私自身が大阪を捨てたわけではない。いつかは戻っていきたいと思うけれども、私が入れるような隅っこがまだ大阪のどこかに残っているか、どうか……。

それから、追伸に〝小説を書いてくれ〟とあるが、私は現在『新潮』に延々と、綿々と小説を書きつづりつつある。純文学の雑誌は発行部数が近ごろ激減、しばしば消滅の憂《う》き目をみるに至っているけれども、君のような人が一冊買ってくれると、われわれは一ページ生きのびられるかもしれない。よろしく、お願いするよ。

老いと死。

★★
★★

拝啓　開高先生。

私は「風に訊け」を愛読する、十九歳の学生であります。

去年の四月に大学に入学し、十代最後の一年間をすごしてきましたが、この一年間、いつも心の中にころがっていたことがあります。それは「死」に対する考えでありますす。二十歳を目前にして、何故か私は、自分の死にざまについて、いつも考えるようになりました。その結果、最近になって「三十代になるまえに〝死刑〟の場合を除く〝射殺〟によって人生の幕をおろしたい」と思うようになりました。私には〝老い〟に対する異常なまでの恐怖心があります。テレビや新聞を通して、老いた人々の悲惨な面を見ると、いたたまれない気持ちになります。また、決して自殺を肯定しているわけではありませんが、私は自分の意志で左右できない〝生〟をうけた以上、死に対する意志はいつも持っていたいと考えております。私は人間の必然とも言える「老い」というものを直視する勇気がないだけな

のでしょうか。単に死を美化している愚か者なのでしょうか。先生は若いころ、そして現在は、死についてどんな考えをお持ちでしょうか。お聞かせください。

（神奈川県横浜市　Ｔ・Ｓ）

君はけっして、異常でもなんでもない。君の年ごろでは、ごく自然のことである。シャープな感受性を持った人なら、必ずその門をくぐらなければならない――といいたくなるようなプロセスだと思う。君は偶然そうなっているのではなくて、必然的に年齢と季節によってその道を歩んでるんだ。

そこで、これは年とった者からしかいえないことだけれども、君は死を憧れ、老いを恐れるという感情にあるらしい――が、それは君の若さのせいにすぎないんだ。若さというものは求め過ぎるものだし、いますぐ与えられなさ過ぎる――ことに苛《いら》立《だ》ってるんだよ。そして、そのことにまったく気がついていない。気のつきようもないんだ。それが若さというものであり、若さの特権でもある。ときには、そういえると思う。

それから、君が死――自殺を考えているらしいけれども、自殺ということを考えることによって、自分の中の弱いもの、腐ったもの、不潔なもの、いやなものいっさいを、それで無化しているんだ。自殺を考えることによって、じつは強く生きる方法をさぐっているんだ。自殺を考えることによって、君は自分を強化し、浄化しているんだな。そのたびに君は、シッポを切られて逃げるトカゲのように、死という観念と戯《たわむ》れているんだ。

　それを私は、非難できないし、しようとも思わない。私も若いころはそうだった。いまも、しばしばそういうことがある。こういう心の遊びは、許されていいと思う。ただ私は、自分の心の秘密にいくらか気がつくようになったから、以前のように熱中的に自殺を考えることができなくなった。つまり、それだけ自分を浄化し、強化する力もなくなってきたということになるかもしれない。やがて、君も季節に生きていくなら、そういうふうになってくるんじゃないかと思いたい。

　求めることが激しければ激しいほど、自殺を思う気持ちも激しくなるだろう。しかし、それと自殺をじっさいにすることとは百歩、千歩の違いがあるんだ。自殺を考えることと、自殺することとは、似ていて別のことなんだ。そのことに思いをいたしてみたまえ。

★★★ソープランド。

突然ですが、トルコ風呂ではセックスはできるのでしょうか。また、できるとすれば、それは〝売春行為〟にはならないのでしょうか。自分はまだ行ったことがないので、わかりません。豊かな知識をお持ちの先生、お答え願います。

(群馬県山田郡　都会から田舎へ移り住んだ19歳)

君はなにか誤解している。私がトルコ風呂について豊かな知識を持っていると書いているけれども、それは君の独断と偏見だ。私はトルコのイスタンブールへ行ったことは行ったけれども、バザールを歩き、それからトプカピ宮殿へ行ってむかしのトルコの王様のよろめくようなものすごい宝石の群をみて、圧倒されて黙って帰ってきただけである。

それからもひとつ。イスタンブールのヒルトン・ホテルで、ボスポラス海峡に面した側の部屋に入って二倍の料金をとられ、ただの港の灯《ひ》を窓からみただけで帰ってきた。

トルコ風呂というものは、だから知らない。私の世代は、この施設についてたいへん暗い。そこで、この問題に明るい編集者のT君に、回答を求めてみた——。

「大人のディズニー・ランドです！」

女の浮気。

★★
★★

前略

　私は二十四歳の人妻です。一歳になる娘もおります。私は処女で結婚しました。今まで主人にいろいろおそわってまいりまして、女の歓びも知りました。

　けれど今、主人も私もマンネリであきてきてしまいました。男の人はこんな時、浮気をよくしますが、先生は女の人の浮気をどう思いますか？

　姑《しゅうとめ》はいくら浮気をされても、主人ひとりだけしか知らなかったそうですが、「今まで一度も楽しくなかった」などと言っています。そんな人生もつまらないし、かと言ってかわいい娘を父なし子にはしたくありません。

　なぜ結婚という制度があって、男も、女もそれにしばられるのでしょうか。どうか先生、教えてくださいませ。

（長崎県　ノラになれなかったノラ）

長い話になりそうですな、こりゃ。あなたの質問に全的に答え、しかも誰からも憎まれないようにするためには、人類史をもういっぺんここで繰り返さなければならなくなる。それはとてもできないことなので、私の答えは誰かの憎しみか、誰かの拍手を得るんじゃないか。どちらも得るということもあるかもしれない。まず、やってみるか。

人生は短いんだから、男女ともに楽しむべきものを楽しまなければウソだ――というのが快楽説である。もうすこしひねった快楽説によると、耐え抜いて、耐え抜いて、そのあげくに老境に達し、口ではつまらないというが、自分が耐え抜いたその努力と深さに自分で酔う。こういう密《ひそ》やかな楽しみもあるし、ひとつの心の快楽であろう。だから、ただ単に楽しむだけが快楽ではない。自分を殺すことにも快楽のひとつがあるということは弁《わきま》えておかなければならないでしょう。

さて、浮気というのは、すすめたところでできる人もあり、できない人もあり、やれる人もあり、やれない人もあり、その種の問題を人生相談で持ちかけるのが、土台、間違っているといえばいえるわけだね。仮にあなたが浮気をしたとして、まず初めの段階では、あなただけしか知らないことでしょう。だから、ご主人にわからないように浮気をすれば――と思うかもしれないけれども、男というのは自分が浮気をしながら、女房も浮気すると突然、まったくどこやらの神様のように嫉妬《しっと》深くなって妻を責めたがるものだし、果ては離婚ということになる。

　そこで、あなたのご主人がどういう性質であり、気質であり、第六感がどのくらい発達しているかよくよく見極めてから、一歩踏みだすか、半歩踏みだすかを決定していただきたい。断わっておくと、私は踏みださせとはいっていないですゾ。耐えることにも快楽があるということも、弁えておく必要があると申しあげましたゾ。

　ご参考のために、江戸時代の都々《どど》逸《いっ》をひとつ差しあげます――「芸者買いして黙って帰れば　役者買いして知らぬ顔」つまり、夫は芸者買いして遊んでる。その間に、女房は女房で口惜しいからというので、役者買いしている。この関係を説いたものだけれども、要するにむかしからやってたんですな。

ま、よしなに。

合掌。

★★★

――ドルの原稿料で一語の原稿をいたずら者から依頼されたマーク・トウェインは、すぐに「サンクス」という返事を送ったそうですが、もし巨匠が百円で一語の原稿を頼まれたとしたら、どういう返事をなさいますか。
P.S.――巨匠のポートレートにその

ご返事を書いて送っていただければ嬉しいのですが……。

(兵庫県高砂市　Kenbow Shaw 21歳)

もし一字百円ということならば、四百字詰め原稿用紙一枚で四万円の原稿料ということになるから、これはたいへん結構なお布施《ふせ》である。

「合掌」

●マーク・トウェイン
アメリカ開拓期の小説家(1835〜1910)。説明するまでもなく、トム・ソーヤー、ハックルベリー・フィンを生みだした人。アメリカでしか出現しえない、もっともアメリカらしい作家である。

★★
★★

いつかこの欄で、ドストエフスキーは原稿を書く前に必ずマスをかいたというエピソードを、先生は紹介しておられました。天才はあり余るものでしょうから、一つ自分をどこかで殺してから仕事に臨《のぞ》まなければならないらしいと、よくわかりました。が、ボクにはとても、そんな余力はありません。

そこで、音楽と仕事との関係についてお尋《たず》ねしたいのですが、音楽を聴きながら仕事をするのはいかがなものでしょうか。因《ちな》みに、ボクは美大の油絵科に学ぶ学生です。

（東京都台東区　宮川浩介　学生　22歳）

ワルキューレ。

ドストエフスキーの件はさておき、音楽と仕事の関係についてなら、大いにあると答えたい。しかし、仕事の前に音楽をかけるか、仕事をしながら音楽をかけるか。アフターでいくか、ナガラでいくか、そこに問題があると思う。ことに、君のように絵を描く人の場合は、物書きとは当然違う、感性の働きがあるだろうから、むしろ君がいろいろ実験してみた上で、ご教示ねがえないものかね。

さて、私の場合でいうと、この欄の仕事にかかる前には必ずワーグナーの『ワルキューレ』第三幕の前奏曲をかけることにしているんだ。これは、

「それ、突っこめ！」

という気分が必要なときに絶対不可欠のものであって、われわれはこれを、音楽にした〝ユンケル黄帝液〟と称している。音楽のつもりで聴くというより、ユンケル黄帝液を飲むつもりでかけているんだ。君のように若くもなく、ドストエフスキーのようにあり余ってもいないので、仕事の前にみんなでマスをかくこともできないから、せめて音楽でもと思って、鼓舞《こぶ》激励している次第なんだナ。

ついでに申し上げると、小生は外国へ出かけるとき——釣りで行くことが多いんだけれども、やはり必ずこのテープを持っていくことにしている。去年もアメリカのフーバー・ダムで魚釣りをしたとき、グランド・キャニオンに差しかかったので、これを鳴らしたところが、じつに素晴らしいものだった。もはやユンケル黄帝液というよりは〝ワルキューレの騎行〟そのものだったネ。グランド・キャニオンとワーグナーの才能が、ちょうどつり合ってるようだったナ。

……とは言うものの、仕事の種類と内容によっては、音楽を選ぶよう

だ。私の場合、モーツァルトのシンフォニーか、ベートーヴェンのピアノ・ソナタをよく仕事の合い間に聴くが、たとえば小説を書きにかかったときなどは、モーさんやベーさんの才能に圧倒されて、万年筆が走らなくなることもある。

★★★

酒か饅頭か。

友人に大酒飲みと、大まんじゅう食いがいます。会うとお互いにけなし合っていますが、それでけっこう仲がいいのはメデタイ限りなのです。

先日、三人で会うと、案の定、またけなし合いが始まりました。話のおもむくところ、お互い「オレのほうがアレは強い」と自慢になり、それぞれがその理由を酒とまんじゅうに帰《き》そうとするのです。いったいどちらに言い分があると、先生はお考えでしょうか。

（静岡県富士市　安田昭郎　会社員24歳）

人体の機能も物理学的な、機械的な考え方で判断してもよい面が、かなりありそうだと思うよ。

たとえば、燃焼という問題だ。この点から見ていくと、酒飲みは酒を飲んでいるうちに、体内にあるものと体外から注入されるものを莫大《ばくだい》に燃焼しあうので、いざというときにはグニャチンになる。まずこれは決定的なことだと言っていい。

大酒飲みは大女食いだと、翌日になって吹聴《ふいちょう》して歩くやつを見れば、よほど前の晩ダメだったので、それの補完として——かつ自らを鼓舞し、励ましたいために口走っている場合が多いので、真《ま》に受けてはいけない。

その点、飲まないで甘いものばかり食べているヤツは、燃焼物質ばかりをつぎこんでるわけだから、ある段階までは酒飲みよりスケベーであるはずである。ネバネバと体内にとりこんだものの質と同じような、コッテリしたセックスをやっておるんではないかと思いたい。現に「甘党の助平」という慣用語句もあるくらいだしネ。

ただし、これも度合いの問題であって、過ぎたるは及ばざるがごとしという言葉のとおり、燃料ばっかりつぎこんでも、それがオーバーフローしてしまっては、今度はエンジンが動かなくなるということも起こるんじゃないかしら……。

かつ、甘いものばっかりたくさん食うと、胃袋を荒らすから変なゲップが出てきて、女がいやがって逃げ出すだろうし、ね。ちょうど、エンジンが妙なガソリンの匂いをさせながら、ブクブク音をたてるだけで一向に動かないみたいじゃないか。

それにしても、酒飲みと饅頭《まんじゅう》食いの間にはさまって、君はいったいどちらなんだ？

恐怖。★★★★

私は常々恐怖について考えるのですが、私が思うに、恐怖に対する人間の態度には、三つの段階があるのではないでしょうか。

第一段階は、恐怖からひたすら逃げまわる。第二段階は、恐怖などうでもよくなってしまう。第三段階は、自ら恐怖を得ようとする。ヘミングウェイの『殺し屋』には、私の考える第一段階、第二段階が描かれていると思うのですが……。

ベトナム従軍中に恐怖を体験した先生から見て、私の考えは間違っているでしょうか？

（埼玉県川越市　田辺政彦　19歳）

間違ってはいない。間違ってはいないけれども、恐怖に対する態度は、歓喜に対する態度とちょっと似ているところがあって、各人さまざまであるということも承知しておかなければならない。誰もが同じ態度を示すとは限らないんだ。そこに人間の個別的である理由がある。人はさまざまなんだから、一般論として言うぶんには構わないけれども、みんながそうだと思いこむと、間違いを起こすことになるデ。

それから、恐怖は何から生まれるかということを考えておかなければならない。小生の経験によれば、予感の段階の恐怖というのがじつに恐ろしく、これは想像力があるからなんだ。ああでもあるだろうか、こうでもあるだろうか、ああなるんだろうか、こうなるんだろうか——ととつおいつ座りこんだままで考えこむ。この時間を与えられると恐ろしい。その時間全部が恐怖になる。その基は、想像力なんだナ。想像力がなければ、恐怖もあまり湧いてこないだろうと思う。

しかし、ある条件を与えたからといって、みな同じように想像するとも限らないから、これまた個人差が大きい。確かにそうなんだが、想像から恐怖が生まれるということはまぎれもない事実であって、戦争の多くはここから出てきているんだ。

★★★

孤独と人魚。

私は、父の経営している小さな工場で働いていますが、まわりはオジサン、オバサンばかりで話し相手も無く、毎日、孤独を感じながら仕事をしています。

　そこで、物を書くという事も孤独な作業だと思いますが、〝作家・開高健〟にとって孤独とはなんでしょうか。

　それから――

『岩魚幻談』という本の中には「魚にはかなりの種類に人魚と呼ばれているものがいて、この魚は特に老生しており、人間がアカンベーをしている時の顔にそっくりで、もしこの〝人魚〟を釣ったら、漁師は引退しなければならず、それに逆らうと災いがある」と言うようなことが書いてありましたが、もしこのような魚を釣ってしまったら〝釣師・開高健〟はどうされますか。やはり竿《さお》を置くのでしょうか。

（新潟県三条市　Ｙ・Ｓ　20歳）


　小説家にとって、孤独というものは物を書く原動力の一つであり、燃料の一つであり、目標の一つでもあり、作家は、だから孤独のエキスパートであるだろう。それだけでは小説家にはなれないだろうが――また小説家としては困るけれども、孤独は小説家のヘソみたいなものだとは思う。

　ところで、人魚を釣ったらどうするかという質問だが、人魚のような顔だろうと、ローレライのような顔だろうと、あるいは三好清海入道のような顔だろうと、たいていの魚を私は釣って全部逃がしてやるんだから、どうするもこうするもないんだ。釣った魚は逃がすのが私のやり方なんだから。それまでに釣ったことのない新しい種類の魚を初めて釣ったときは、一匹だけはいただいて食べることにしている――これも魚を理解する、一つの強力な方法だから。

しかし、人間がアカンベーをしているときの顔にそっくりの魚を私が釣ったら――それでも釣りをやめないよ。まだまだ私の釣っていない魚は多いんだ。当分生きて、釣りつづけるサ。

殺し文句。★★★★

先生。

この一言を口にすれば女がコロリ、バタバタと将棋倒しでぼくのところへ転げこんでくるような殺し文句、名文句を一つ、教えてください。

（群馬県桐生市　宮崎たけし　公務員　25歳）

効《き》くか効かないかは君のその他の要素やお人柄放射能によるので、私としては何とも答えにくいし、将棋倒しが起こるかどうかわからないけれども、言い方によっては一つの将棋は倒れるだろうと思えるのは、次の文句である。
「バラ盗人《ぬすっと》は許さるべし」
現代の若者は日本語に弱くなっているると聞くから、ヤボな解説をつけておく。バラの花は美しいから、それを見たらつい折りとりたくなるのが当り前である。折った人に罪はない。バラが美しすぎるのが罪なんだ。――そういう意味だ。おわかりだろうナ。

茶話。

★★
★★

いつか文豪は、お茶について答えている際、いうべきことは多々あるが、急いで外出しなければならないので、マテ茶と外国茶については次の機会にゆずると回答されておりました。約束です。早く答えてください。

（岐阜県大垣市　お茶引き主婦　26歳）

中国茶は数千年の歴史を持っていて、その数いくつあるとも知れない。無限といっていいほど、たくさんある。きょうは、急いでズボンのベルトを締め直して出かけるような予定はないのだけれども、ふたたび謝《あやま》らなければならない。この欄で答えられるほど簡単なものではないことに、いま改めて気がついた。またまた端《はし》折《よ》って語ることになる。

　中国茶と日本茶との決定的な違いは、中国茶は発酵――あるいは半発酵させてから精製するが、日本の茶では発酵させたものはないし、そこがまず違うわけだ。この発酵という過程があるのとないのとで、お茶を入れたとき、どういう差を生むのか――。中国人にいわせると、日本茶は味けなさすぎる、淡泊すぎる、食い足りない（この際なら飲み足りないというべきだが）――ということになる。発酵させたお茶は強いから、腰がしっかりしていて、底が入り、何度淹《い》れても香りや味が出てくるが、日本のお茶はだいたい一回淹れると、もうそれっきりだ。二番がきかない。

　サヨナラ香水みたいなものだから、これは「サヨナラ茶」というようなもんだろう。ただし、中国人の目から見てのことだがね。

　それから、もうひとつ。中国のお茶で花茶というのがある。ジャスミンやら、ハマナスやら、いろいろな花の香りを入れたお茶である。これには二つの説があって、安い茶を花の香りでごまかすために、花を入れたのだという説。それから、いや、花の香りが楽しいから、いいお茶でも花を入れて楽しむんだという説。

　さて、それじゃあどちらであろうかと、君が中華料理屋へ出かけてみると、出がらしのジャスミン茶が出てきて、茶の味もしなければジャスミンの香りもしないという、荒涼たるものを飲まされることがあるから、お気をつけ遊ばせ。

　最近、評判になっているのは、プーアル茶である。普洱茶――これは雲南地方によくできる。山の岩がゴロゴロしたところで生育するお茶だ。昔からコレステロール排除、脂肪分解消に卓効ありとされていて、痩《や》せるお茶というわけで宣伝されるようになったんだが、昔は貴族しか飲めなかったけれども、いまは大量に生産されるようになったので、われら人民でも飲めるようになった。お目出たいことではあるが、〝痩身茶《そうしんちゃ》〟などというありがたい名前に惹《ひ》かれて一杯、二杯、きのうきょう飲んだところで、痩せるものではない。しょっちゅう飲んでなければ、意味はないんだよね。それを一杯飲んで、ちっとも痩せないといって文句をつけたりするのは滅茶苦茶というもの。

　次にマテ茶であるが、これはブラジルとアルゼンチンで特に行なわれている習慣で、味からいくと野性味のある玉露《ぎょくろ》という感じのお茶だ。ひょうたんの実の上部を切って、下の球体のところを縁《ふち》に銀などをはめて象嵌細工《ぞうがんざいく》をして使う。ここにマテ茶をギュウギュウ詰める。それからボンビージャという、吸い玉を突っこむ。金属の筒の先に穴のあいた玉がついているものである。上から湯を注ぐと、お茶が成分を出してきて、底にトロンとしたのがたまる。それをボンビージャで吸いあげるわけや。たいへん野性的な強いお茶だから、日本茶のように一杯こっきりで出がらしになったりはしない。三リットルも四リットルも注いで、飲んでいってもまだまだ味が出てくる。

これはアメリカ・インディアンのピースパイプのように、回し飲みするのが習慣だ。ガウチョが大草原の真ン中で焚《た》き火をして、そのまわりに車座を組んで坐り、一杯のひょうたんを次から次へと、手から手へと回していく。アルゼンチンでは、ミシオネらおいしくなるかは、そのお茶にもよる。アルゼンチンでは、ミシオネスという州で穫《と》れるマテ茶が一番うまいとされている。これはいま、ティーバッグに入って日本にも輸入されているが、こういう飲み方はあんまり面白くない。やっぱりひょうたんに詰めてやるのがよろしい。ガウチョは野菜をほとんど食べないのに、ビタミンCを完全に補給できているのは、牛の内臓（特にレバー）を食べることおよびこのマテ茶からの成分であるとされている。

アルゼンチンやブラジルでは、タクシーの運ちゃんが、右手でハンドルを握り、左手でひょうたんを握り、口にボンビージャをくわえてツルツルとお茶を吸いながら走っている姿をよく見かけることがあるけれども、あれはよほどお茶好きなんだろうな。しかし、悪くない風景だよ。私もマテ茶は好きだ。

なお、レヴィ＝ストロースの『悲しき南回帰線』という本の中で、このマテ茶のことを中毒性があるように書かれているけれども、これは緑茶に親しんだことのないフランス人の学者だからでね。日本人の目からすれば、中毒性といえるほどのものでもない。トロンとしてまことによろしきものである。ノーブルでもある。野性味がありながら、ノーブルである。日本の玉露で味わえない味が味わえる。

今回は、こんなところかな。

レヴィ＝ストロース◉フランスの人類学者。ブラジルを踏査して、有名な『悲しき南回帰線』を書いた。

中原中也。★★★★

先生は前のエッセーの中で、ことごとく身銭を切れとおっしゃっていましたが、一度も身銭を切ることなく若くして死んだ詩人、中原中也の生き方をどう思われますか。

（茨城県日立市　仕事人　19歳）

彼が伝えられたように、本当に一度も身銭を切らないで、酔っ払って死んでいったかどうか――これはもっと調べてみないとわからないだろうけれども、おおむね君の言うように、身銭を切ることが少なかったということは言えるだろう。

しかし、そういうことが許された時代なのだし、私としては羨《うらや》ましいと思うことがある。彼は確かに身銭を切らないで酒乱になったかもしれないけれども、書いた作品はたっぷりと人生に身銭を払いこんで、そのあげくにつかみとってきた詩だと、私は思っている。大事なのはこの点ではなかろうか。それともう一つ、いい友人を選べということか。

身銭を切らないで、身銭を切ったのと同じくらいのものを人生からつかみとることができ、人生を克服することができ、底深く、幅広い人間になれるのならば、それにこしたことはないんだが、なかなか世の中、そうはうまくいかない。

まあ、そういったことだよ、君。

今後は友人を選ぶことに気をつけなさいナ。

一行きりの民話。

★★
★★

先生はいろいろな国を歩いておられますが、各地で民話やジョークをよく耳にすると思います。そういう中で、頭に残っているもっとも個性的な民話はどんなものでしょうか。そしてそれは、どこでお聞きになりましたのでしょう。

将来、柳田国男の後継ぎになりたいと志す学生です。

（京都府京都市　柳沢昌之　学生　21歳）


昔、奄美大島の名瀬に島尾敏雄が住んでいたころ、遊びに行ったことがある。そこで、ある日たまたま、沖永良部《おきのえらぶ》かどこかあのあたりの島から民話を採集して帰ってきた、若い学者の二人連れに会った。すると、その学者が言うのには、その島には一行きりの民話があったと言うんだ。

どういうのかというと、

「家へ帰って戸をあけたら、これぐらいの虫がいました」

と言って、指と指を二十センチぐらい離して見せる。ただ、それだけ。

一行きりで、字数にして二十四字。たったそれっきりなんだと言う。

私はこれを聞いたとき、学者と一緒に呆然とのけぞりそうになったもんだ。人間の精神の営為の不可思議については いろいろ覚悟があったつもりだけれども、まさかこんなことを言われるとは、まったく虚をつかれる思いだった。こういう話を生みだす精神というのは、いったいどこからくるのか――？

それからＴＤＡ（東亜国内航空）で鹿児島へ帰り、鹿児島から東京へ帰ってくる間ずっと考えつづけたけれども、まるでスフィンクスの謎のように解きにくかった。そんなことを考えこむほうが間違っているんだろうとは思う。おそらく、おおらかにこの一行きりの話を楽しめばいいのだろう。一行きりの話があるんだよと言って子供を遊ばせ、教え、語り継ぎして、その島ではおおらかな生活が営まれてきたんだろうと思いたい。

この民話だけは、君、絶対覚えておきたまえ。もう一度くり返す。二十四字きり、一行っきりの民話なんだ。そういうものもあるんだ。この世には……。

★★★落ちた偶像。

ルアー愛好家の一人として先生にお伺いしたいのですが、最近僕にはアブ社の名器、アンバサダーやスピニング・リールの代名詞、ミッチェルが、たび重なるモデルチェンジのために、その風格がぐっと下がったように思われてなりません。何においても「名器」とはこのようなものでしょうか。
（兵庫県神戸市　グッドナイト・サイゴン　20歳）

賛成だ。私はもう十五〜十六年もアンバサダーのファンで使いつづけてきたけれども、昨今のＡＢＵのキョトキョトした営業方針、君の言う、度重なるモデルチェンジ、ミッチェルもそうだが、まったくうんざりさせられる。苦々しいかぎりである。だから私は、キズだらけの昔からのアンバサダーをそのまま使いつづけている。「名器」は「名器」のまま残りはするが、私の愛したＡＢＵ社はどこかへ行っちゃったのだ。

アブ社◉スウェーデンの釣り具メーカー。ことにリールの堅牢なことで定評があり、アンバサダーという名のシリーズは世界のベストセラー。

ミッチェル◉アメリカの釣り具メーカー。ルアーで知られている。

★★★

美味の探求。

小生、二十八歳の独身会社員。

時間と金さえできれば、周囲の嫉妬、悪口、忠告、雑音、一切聞き入れずフラリと海外へ短期ではあるが、味覚探求の旅へ出かけます。過去十数ヵ国回り、特に美食大国フランス、パリへは三度行きました。

舌平目のムニエル、大蒜《にんにく》の香り漂うエスカルゴ、フォアグラのパテ、兎肉の何とか風煮込み等、胃袋と懐《ふところ》の許す限り食べました。

でも、しかし、今、私の舌が思い出すのは、それらの凝《こ》った料理ではなく、下町でフラリと入った小汚い惣菜《そうざい》屋の小鰯《こいわし》のマリネなのです。あの単純にして滋養のある味が忘れられません。

　これは、私が未だ修業不足なのでしょうか。味覚がおかしいのでしょうか、それともマリネが美味すぎたのでしょうか。お答えください。

（愛知県名古屋市　食潰し男）

お答えします。

君は修業不足なのでもない。味覚がおかしいのでもない。マリネがおいしすぎたというのは、おそらくそうであるだろうが、本当の料理の真髄はシンプルということにある。シンプルでかつ深い味を出すこと——これが料理の名匠・巨匠といわれる人たちのたどりつくべき最終点である。小イワシのマリネで君がその域まで到達したのならば、君はコックではないかもしれないけれども、巨匠の至境に一歩、入りこんだわけである。おめでとう。

　しかし、シンプルでディープ、この味覚に到達するためには複雑怪奇、豊饒豊満、ありとあらゆるものを通過した後に到達すべきものであろう。それを通過しないで単にシンプルというのでは、おそらくディープなシンプルにはなるまいと思われる。これは料理人のことではあるけれども、食べる人もそうかもしれない。いろいろ複雑な味を通過した後に、シンプルのありがたみが理解できるというものではなかろうか。複雑を通過しないでシンプルだけを味わっていると、退屈になるはずだ。

ユーモア。

★★★

吉行淳之介さんの本の中で、こんな話を読みました。

「ワニを生捕りにする方法」――まず聖書と、空《から》のマッチ箱と、望遠鏡と、ピンセットを用意し、ワニの出そうな河原に行ってテントを張り、中に寝そべって聖書を読む。すると、退屈な本だから眠くなってくる。ぐっすりと寝こんでしまったところへワニがやってきて、やっぱりワニも何だろうかと聖書のページを繰《く》ってみて、退屈して眠りこんでしまう。早く寝たほうが早く目覚めるのが当然だから、こちらが早く起きて寝ているワニを望遠鏡を逆にして眺めるととても小さく見えるから、そいつをピンセットではさんでマッチ箱に入れる――というのです。

これを読んで私は抱腹絶倒《ほうふくぜっとう》したのですが、この話を恋人に話してきかせたところ、いったい何が面白いのだと言うのです。そのとき私は、卒然と悟りました。人間には、この種のユーモアを解する種と、解さない種がある。そして私は、この恋人と別れようと思いました。先生、ユーモアを解さない男と生涯をともにすることは、やはり愚かな選択ではないでしょうか。お教えください。
（東京都新宿区　M・Y　大学助手24歳）

まったく君の言うとおりである。しかし、一つ警告を発しておくと、君の恋人が発したジョークを君が理解し得ない場合もあるんじゃないかな。そういう場合もないとは言えないんじゃないの。自分ばかりのユーモア度を誇っていては、これまたユーモア不足と言えるかもしれない。ユーモアのない人を許すのが、ユーモアのある人の大きい態度じゃないだろうか。

ま、しかし、生涯をともにする相手となれば、君の選択は正しいよ。いい恋人を探しなさい。

信号機。★★

私、田舎の一サラリーマンです。

この町も交通量の増加に伴い、いたる所に信号機が設置され、朝夕のラッシュ時には人間の本性をそのまま目《ま》のあたりにする場でもあります。

私は、この信号機について「人

間をコントロールする機械」というような考えをもつようになりました。先生はこのことについてどう思われますか？

（岐阜県恵那市　田舎のイモ男　39歳）

信号機が人間をコントロールする機械だというのは、当り前じゃないの。何を尋ねることがあるのかね。当然そのとおりじゃありませんか。人間をコントロールしなくては、信号機は信号機じゃなくなっちゃうのよ。

しかし、ニューヨークやパリでは、信号を守らないで、平気で車道を横断する習慣がふつうになっているけれども、いったいあれはどういうわけだろうか、人間が機械にコントロールされたくなくて反逆する――というほど深刻な思想からだとも思えないし、現代生活がそれだけ忙しくて、それでチョコマカ駆けまわるとしか理解できないナ。

犬でも器用な犬なら、信号機は守るように訓練づけられている。パリはネコの都だと言ったフランス人がいるが、信号を平気で無視してるんだから、犬の都以下になり果てたと言えそうじゃないか。

信号は守らなくてはいけないもんだ。それに、だいたい、信号が赤になるからこそ、青信号を待っている間に女を口説《くど》くというやつまであるんだ。きわめて文化度が進んでると思えないかね。

★★★

肉を釣る人。

バーテンダーは自分が酒を飲むとき、自分でつくらないで弟子につくらせます。料理人も自分が料理を食べるとき、自分でつくらないで弟子につくらせると言います。

そこで、釣師は自分が魚を食べるとき、一体全体どうするのでありましょうか。自分で釣った魚を食べるのか、それとも人が釣った魚を食べるのでありましょうか。

先生のお考えをお聞かせください。ご健康をお祈りいたします。

(東京都練馬区　武林龍太郎)

自分で釣った魚を自分で食べる釣師は多い。こういうのをアメリカ英語で、ミート・フィッシャーマンという。肉を釣る人。

私はミート・フィッシャーマンではない。原則として、私は釣って逃がす。釣りをスポーツだと考えている。つまり、山に登るとき、君は山に登りたくて山に登るのであって、高山植物を折りとったり、雷鳥をとったりするために山に登るのではなかろう。

私はたまたま魚を媒介にして、川

や森を知りたい。だから、釣った魚はとりこまなくてもいいんだ。食べる魚は、職業としての漁師が獲《と》る魚を食べる。おわかりかナ。

　健康を祈っていただいて、ありがとう。君の頭の健康も祈る。

戦争と人間。

★★★★

前略
　私は氏が『輝ける闇』においていう「天窓から淡い陽の射す、水族館のガラス槽のような町工場のすみで、金属と油の焦げる匂いにまみれて旋盤を操り」あなたをして「なぜ私はその聖なる狂気をつづけて機械工になってしまわなかったのか」と苦吟させた旋盤工、いやさセンバンコーなのであります。
　シンの出たチャックを高速で回転させた時のあの微動だにせぬ「円周」はまさしく右でもなく、左でもなく「真なる常識」とでも呼びたくなるほど素晴らしいものでありますが、概して仕事自体はそれほどロマンチックなものではありません、当然ながら。
　前置きはこれぐらいにして、最近読んだ『前略対談』について書きたい。この対談を読むかぎり、小田実氏がいまだ社会主義国家に対して漠たる理想を抱いているのに対し、さすが我が師は冷《さ》めつつ熱く語る――「社会主義になって、他の民族を侵略しないという保証はどこにもないよ」――いや、さすがあっぱれ！

さて、そこで質問――

大岡昇平氏は『俘虜記《ふりよき》』において、眼前の「私」に気づかぬ敵を撃つべきか撃たざるべきかの課題に「撃つべからず」という明確な答えをだした。

では我々が生くる「核以後」の世界で、人民戦争という名で老人から赤ン坊までが戦闘員となる総力戦では――すなわち、銃を持ち攻めてくる一定の方向に教育されたあどけない顔の少年を――撃つべきか、撃たざるべきか。

こんなことを考えつつセンバンをまわしておったら、十針縫うケガをした。退屈しのぎに書いたのでツギハギだらけの質問だが、氏の『前略対談』以後の戦争に対する考えを語っていただければ幸甚なのであります。

（大阪府吹田市　エセ・インテリ・センバンコー）

旋盤について一言。

私が少年のときに旋盤見習工として工場で働いていたときの旋盤は、いまのような全自動方式ではなかった。半自動方式もいい加減なもので、

全部、手加減と腹の押し加減、これでやっていた。したがって、まったく手工業みたいなもので、いまの旋盤とはお話にならないくらいのもんだったね。しかし、それゆえに、人間の手と勘だけで操る面白さはあったと思う。

さて、戦争についての私の考えだが、あどけない顔の少年が銃を持って攻めてきた場合に、撃つべきか、撃たざるべきか、とお尋ねであるけれども、これはその場になってみなければわからないことなのであって、ここで論じてみても答えにならないし、したがって君の質問は半分しかしていないということになる。おそらくそのことを君は考えて、旋盤を回したんだろう。だから十針も縫う怪我《けが》をしたんだ。しかし、その痛みは、この問題について君の中で重味をもたらしたはずだよ。

で、私の戦争についての考えは、いくつもあって一言ではいいにくい。が、おそらく人類というものが地上にある限り、戦争をせずにはいられないものだろうと思う。それは人間というものの、深い奥底にあるものがそうさせるんだ。

つまり、人間というのは根源的に情熱的存在なんだということ、これだな。そいつが戦争の方向にも向かい、夫婦喧嘩にも向かい、入学試験にも向かい、あるいは脱サラにも向かい、いっさいがっさいの方向に向いていくアミーバーみたいなものだ。これを恐れる必要があるし、しかし同時に恐れすぎてこれを殺してしまうと、今度は君が生きていけなくなる。やっかいなもんやデ。これを二律背反《にりつはいはん》という。あっても困る。なくても困る。英語ではアンビバレンツという。

だがね、君、こんな議論をしたって始まらんよ。現に戦争は起こりつつあり、つづけられつつあり、今後も起こりつづけるだろう。理由はなんだっていいんだといいたくなるくらい、さまざまな理由で戦争をする。相違するものが二つ以上ありさえすれば、戦争が起こると考えておいたほうがいい。つねに最悪の事態について覚悟しておけ——と福沢諭吉がいってるけれども、それが起こらなければ儲《もう》けものだと考えたほうがよいのが、この酷烈な人の世の中の常識じゃないかナ。『ガリバー旅行記』のスウィフトは、戦争をののしるために、つまらない理由から起こった戦争ほど酷烈無残になるという原理をひとつ書いている。そこで示しているのは、ゆで卵を割るのに太いほうから割るか、細いほうから割るか、太端派と細端派との二派が争ったというジョークを書いているけれども、極端な誇張かもしれないが痛烈な真実を貫いている。

しかし、ま、君と卵を食べるときは、どっちから割ってもいいが、戦争にはならないようにしようじゃないか。ただし、卵ぐらいのことで——と、笑ったりしてはならない。どんな些事《さじ》も、事の本質に違いはないんだ。よろしいか。

マグナ・カルタ。

★★
★★

小生、本年四月、集英社に入社したものです。入社式の際、社長に『編集者マグナ・カルタ九章』についてきかされ、これから編集者をめざす者として深い感銘を受けました。

きくところによれば、あれは開高先生が考え出されたものとか。「！」と、また感激を新たにしました。

さて、質問です。出版社も会社の例にもれず、働く者には上役と下っ端——つまり重役とヒラがいます。

そこで『編集者マグナ・カルタ九章』だけでなく、ヒラが気持よく働くためには『出版社重役マグナ・カルタ九章』があってしかるべきだと思います。

宛名は秘しますが、先生、小生たちの今後のためにも、是非『出版社重役マグナ・カルタ九章』をお考えください。

よろしくお願いします。

（東京都千代田区　フレッシュ・ガイ　22歳）

考えた。次に掲げる。

『出版社重役マグナ・カルタ九章』

一、部下には右目で熱く左目で冷たく。

二、デンマーク政府は国民に、金は出すが口は出さぬと公約した。これを金科《きんか》とし玉条《ぎょくじょう》と考えて実践すべし。

三、自分に綽名《あだな》がついたら怒るより喜べ。

四、外人訪問者があれば、社員の前で通訳ぬきで渡り合え。

五、出版社はイメージ産業である。売れる本だけでなく、売れなくてもいい本を出せ。

六、耳に甘いことをいう部下は遠ざけ、痛いことをいうヤツを近づけよ。

七、トイレットペーパーは惜しんでも、取材費は湯水のように使え。常に最低必要額の二倍用意し、覚悟すべし。それは将来への潜在的投資でもあると知るべし。

八、新入社員採用にあたっては、学歴やコネを無視し、病気、稚気、熱度を重視せよ。

九、以上が実践できたら、ゴルフして遊んでろ。

（編集部から）参考までに、開高先生がつくられた『編集者マグナ・カルタ九章』を紹介します。

『編集者マグナ・カルタ九章』

一、読め。
二、耳をたてろ。
三、眼をひらいたままで眠れ。
四、右足で一歩一歩歩きつつ、左足で跳べ。
五、トラブルを歓迎しろ。
六、遊べ。
七、飲め。
八、抱け。抱かれろ。
九、森羅万象《しんらばんしょう》に多情多恨たれ。

★★★★

ユダヤ民族。

小生、ユダヤ民族に関心を持つ者なり。ハードボイルドの巨匠にお尋ねしたい。なぜ、あれだけ多くの人が、あれだけ優秀な人が、大きな抵抗もせず簡単に捕虜になったのか。

P.S.　参考になる本を紹介してください。

（長野県松本市　オイカイワタチ）

君は私のことを〝ハードボイルドの巨匠〟と呼んでいる。私はハードボイルドを書いたことはないのだから、ハードボイルドの巨匠ではない。文学の巨匠とか何とか、あるいはただ巨匠とか呼んでくださるだけでよろしい。私は謙虚なんだ。

ひょっとして君は、私をヴァイオレンス作家の作品と読み間違えてるんじゃないかな。しかし、君の質問は巨大な問題である。いくとおりにも答えることができるように思うし、答えきることはできないように思う。必要かつ十分な答えはないだろう。ユダヤ人自身もそうであろうと思う。

ここで一番大きな問題は、ユダヤ民族がヨーロッパでナチス――現在はソビエトに虐待、虐殺されても誰も文句を言う者がなかったことだ。特に、国家単位で文句を言う者がなかった。どの国もユダヤ民族がやられているからといって、興奮しなかった。アメリカだけは違っていたけれども、それはまた別の問題である。要するに、ヨーロッパにはユダヤ民族を代表する国家はなかった。ここだ。ここにユダヤ人の最大の悲劇があった。

イスラエル建国まで、ユダヤ民族は二千年間、やられっぱなしにやられてきた。そのたびにユダヤ民族がやられても、中には同情する者はあったけれども、それは心の中だけであって声に出して言う者もなく、裁判所に訴えて出る者もなく、国連にアピールする者もなく、有楽町の駅前でビラを撒《ま》く者もいなかった。つまり、彼らは捨てられた民族だったわけだ。捨てられた民族であったがために、ちょっと世の中にもめ事が起こるとユダヤ人のせいだというふうに責任を転嫁《てんか》され、押しつけられ、でっち上げられても抗議のしようがなかったわけだね。ここだよ。ここから何を教えられるか。

われわれは抵抗の権利を持たなければならない。そしてそれが誰かに通ずるという道を見つけておかなければいけない、こういうことになるんだ。

この議論を延長していくと、超国家主義思想が生まれてくるのだが、その思想は危険であるとしても、国家と民族というものの関係を考えるには、非常に重要な問題であると思う。

参考になる本はたくさんある。どの書店にもある。まず、本屋へ行ってみたまえ。

（編集部から） いくつかキミの参考となりそうな本を左に掲げておきます。

●『ユダヤ人』村松剛（中公新書）●『ユダヤ人の歴史』C・ロス（みすず書房）●『イスラエル国』A・シュラキ（文庫クセジュ）●『ユダヤ人』J－P・サルトル（岩波新書）●『ユダヤの民と宗教―イスラエルの道』A・シーグフリード（岩波新書）●『非ユダヤ的ユダヤ人』

I・ドイッチャー（岩波新書）●
『逃亡師―私自身の歴史大サーカス』
D・グッドマン（晶文社）

殿山泰司。★★★

前略。大兄は、俳優の殿山泰司氏の著作をお読みになったことがおありでしょうか。もしありましたら、どのような感想を持たれましたか。あのじい様の『日本女地図』など、ものすごい傑作だと思うのですが……。
（神奈川県川崎市　藤谷　修　会社員　26歳）

賛成である。まったく賛成である。

『日本女地図』は、日本唯一といってよいナンセンス文学の傑作である。英語でいえば、one and only といってよろしい。ナンセンスというセンスを、本当に上質に書くのは難しい。しかし、殿山泰司さんのあの作品は、群を抜いている。あとは野暮なやつらが自身の野暮さに気がつかないで気どって書いているだけで、読むに耐えない。

きみはなかなかいい感覚を持っておる。すこし涼しくもなってきたことだから、トレーナーを送るよ。

蒲団VS.ベッド。

　私は、万年床をこよなく愛する不精者であります。

　だいたいにおいて、私はベッドというものが好きではありません。自分の体と床との間に空間があり、精神的に非常に不安を感じさせるからです。それに比べ、畳との間につねに接触感をもたらし、安心して眠れる万年床――いえ、万年床とはいわず蒲団は、すばらしいものだと思うのであります。

　先生は諸外国を旅し、ベッドでの睡眠の経験も多いことかと思いますので、蒲団・ベッドの両者を比較してのご意見をお聞かせください。

（茨城県土浦市　清水純市　21歳）


　よろしい。答えてみるとしよう。ただし、以下の回答は私ひとりが考えたものではない。本欄関係者が一堂に会して、一日がかりで討議したエッセンスである。

　ベッドのコマーシャルは、ナスターシャ・キンスキーという美女である。蒲団のコマーシャルは、旧高見山の東関《あずまぜき》親方である。このふたつの相違の中に、ベッドと蒲団の本質の相違がおのずから含まれているように思われる。

ベッドは君のいうように床から高くなっているが、蒲団は畳に密着している。この欄の担当編集者である田中照雄という人物は、２ＬＤＫの都心の豪華マンションへ綾瀬から移り住んだ際、ベッドを買いこんで「オレもやっと西欧式文化生活を送る身分になれたか！」と感慨に耽《ふけ》りつつ寝ていたが、ある晩、夢をみてベッドから転がり落ちた。

その夢というのははなはだ手が込んでいて、前の晩に読んだアイザック・アシモフのＳＦ小説の影響からか、宇宙ロケットに乗ってアンドロメダ星雲を通過しつつあったところ、ロケットが故障を起こして地球のソロモンの洞窟へ落ちたというものだったそうである。アシモフとハガードをこみにして夢をみるのだから、かなりの読書家とも思えるが、ともかく気がついてみると、ベッドと壁の間に落ちていたという。その恐ろしさのあまり、最近は女にももてるようになって生来《せいらい》の吃《ども》りも軽くなっていたのが、いっきょにまた重症になってしまったらしい。

しかし、蒲団ではどんな夢をみようと、こういうことは生じまいと思われる。夢の果て――については、ベッドより蒲団であろうか。

自由恋愛をベッドで楽しんでいる最中に、ガラリと戸を開けて亭主が帰ってきたとする――または、妻が入ってきたとしよう。

　こういう場合、ベッドだと敵娼《あいかた》を慌《あわ》ててその下へ押しこむことができるが、蒲団ではとうてい無理な話だから、敵娼を押し入れにつっこむことになる。

　さて、果たしてどっちが長い間、耐えられるだろうか——。

　やがて来《きた》るべき大地震のとき、かりに二階建ての家に住んでいる人は、グラグラッときても、蒲団に寝ているんであればまず窓から蒲団を放り出し、それから蒲団の上へ跳びおりれば、蒲団がクッションになって足を痛めないで無事、逃げられるだろう。

　しかし、ベッドではこうはいかない。小錦でもベッドを窓から放り出せるかどうか。

　この点では、ベッドより蒲団の方が勝っているように思われる。

　これとは逆に、外敵がわが国に攻めこんできて、ゲリラ戦を展開するようになった場合、ベッドだと窓に立てかけたりして、銃撃戦のバリケードともなるが、蒲団ではとうていこうはいかない。ヤクザ出入りの銃撃戦においても事情は同じであろう。蒲団派の一家は、苦戦を強《し》いられるのではないかな。

　こう考えれば、蒲団よりベッドに軍配があげられるであろう。

　ベッドであれば、アパートへ彼女を連れこんだら、そのままベッドに座って話をすることができる。そこからムードを徐々に盛りあげて、やがて倒れこんでドッキング——ということも容易である。これからみると、ベッドというものは半ば家具である。寝る場所であり、ベンチであり、応接三点セットですらあるともいえる。

これに対し、蒲団の方はいささか手続きが難しい。ムードが高まりかけると、やおら腰をあげて押入れをあけ、蒲団を引っぱり出すということになるわけだけれども、いかにも目的が露骨のようで、何とも調子が悪いじゃないの。

ここでは、ベッドの勝ちであろうな。

さて話題がドッキングに及んできたので、性に焦点を合わせてみよう。どうも西欧におけるラーゲの発達と、東洋——ことに日本におけるラーゲの発達とを比較してみると、もっぱら寝具の構造からくる違いがあるようだ。

すなわち、ベッドはふわふわして動きにくいし、そのため接触する皮膚感覚を満足させる方向へと赴《おもむ》いた。これに対して蒲団は、何せ下が固いし、激しい動きも可能である。したがってここから、さまざまな動きを主体にしたラーゲが考案されてきた。四十八手裏表もできたし、テクノロジーの進化という点では蒲団派に軍配は上がり、密着感覚の深化という意味ではベッド派であろう。

（補遺・たとえば騎乗位——われわれのゆかしい古典語では〝茶臼《ちゃうす》をひく〟というが、女が茶臼をひくとき、ベッドでは右に傾いたり、左に傾いたりで偏差が生じやすい。ぐらぐらすると、しばしば男のモノをグニャリと踏みつぶすことがあり、目から火花が散るような思いがする。そういうところから結論すると、いくぶん蒲団に利あり、か——）

　金がなくなったとき、蒲団だと質屋へ運んでいくばくかの金を借りて急場をしのぐことができる。が、ベッドとなるととても質屋へは持っていかれない。蒲団の勝ちである。

　健康上の観点から、両者を比べて

みると、背骨はまっすぐのまま寝る方がいいというのが今日、医学的に証明されているので、この点でも蒲団の凱歌《がいか》である。

ヨーロッパ人は長い間、やわらかいベッドに寝ることを魅力のひとつに数えていたわけだが、昨今ようやくアジアの英知をくみとり、固いベッドが世界中に普及するようになってきた。何とここに至るのにおよそ二千年かかっているわけである。西洋の目覚めのいかに遅いことであるか――。

女性からの意見として、こういうのがある――。

初夜に――結婚前でもそうだろうけれども――、女性は男に抱きあげ

て自分を運んでほしいという願望があるのだそうだ。こうなると、ベッドなら抱いた女性をソッと横たえることも簡単だが、蒲団となるとそうはいかない。最近は発達のいい女性の重い体を抱いたまま、いったんひざまずき、それから蒲団へ安置する――という重労働が課せられるわけだ。

してみると、もちろんこれはベッドがはるかに勝っているが、やはり西欧式の振舞いには西欧産のベッドが合うということになるのであろう。

ところが、同じ西欧産の風習とはいっても、現代の性文化の最先端をいくワイルド・パーティを開こうと思ったら、同じ面積内でやるなら、ベッドの上だとせいぜい一組か二組しか同時に楽しむことはできない。

一方、蒲団なら柔道部屋と同じで、乱取り、組み打ち、何ぼでもできるという利点がある。ここにおいて、われらの蒲団の方がはるかに時代の最先端を見越してオープンであったといえまいかな?

先ほど、地震のときは蒲団を窓から放り出し、その上へ跳びおりて脱出できるという説があったが、これが洪水が見舞ったようなときには、ベッドは水に浮いて助かることもあるけれども、蒲団は水に濡れるとぶくぶく沈んでしまう点、ベッドの圧倒的な勝利である。

ホテル住まいをよくする男の経験

として、こう思う。

ホテルのベッドというやつは、毛布やらシーツのすそをベッドのマットの間へ深く折りこんである。つまり、封筒の中へ体をもぐりこませるわけだ。

すると、この中でオナラをした場合、ガスは上へ上へとあがってくる。たいへん困るんだね、これが。

蒲団であれば、たとえ十二単《ひとえ》を重ねていたところで、足でちょいとすそを持ち上げてやれは、ガスは下から逃げるという利点があり、窒息死の危険を免《まぬか》れる。自分の出したガスで自分が窒息するかしないか――ここにアジア文化と西洋文化の思いやりの相違があろうかと思うのだが……。

ことのついでに――。

明治以後、近代文学のあけぼのの期にあって『蒲団』という小説があった。しかし、それから百年を閲《けみ》するが、まだ『ベッド』という題名の名作は生まれていない。いかにわが国でベッドがまだ定着していないかの証明である。

しかし、〝ベッド・イン〟という言葉はあるのに〝蒲団イン〟という言葉はない。ただし〝お床入《とこい》り〟というしゃれた言葉はある。

さて、どちらをとるか――？

ベッドにはシングル、セミ・ダブル、ダブルとサイズがいろいろある。一方、蒲団はおおむねサイズが決まっている。

となると、ダブル・サイズのベッドを置いておくと、女房であれ彼女であれ、一緒に寝なくてはならないわけだ。これが辛いんだな。ことが終わったら、ひとりで寝たいという点では、狭い蒲団の方ではあるまいか。

「えっ、ひとりで寝たいんですか!?」

と叫んだ男もいたが、愛の深さと神経質というのは矛盾するものではないんだね、これが。いかに深く愛していても、女房や彼女に手足をからまれて寝たがる男もあり、そうでない男もいるんだ。神経質な男なら、女に手足をからまれて寝ると、アマゾンのジャングルの木になったような感じで、夢をみるであろうし、それはおそらく悪夢ではないだろうかと思う。愛の深さとひとり寝とは、別問題なんだ。

この点では、蒲団の勝ちである。

ベッドだと、古来、美術品とでも呼ぶべきほどに、機能を離れて昇化されたものが数多くあるが、蒲団には――金糸・銀糸を織りこんだ高級品もあるではあろうが――芸術の域にまで高められたものはない。芸術性では、ベッドははるかに蒲団の上をいっとるな。

ゴリラは、毎日異なった場所に寝床を作り、翌日になるとさっさと捨てて移動するとか。それは木の枝を折って敷いた円座であり、敷蒲団だけで、掛蒲団はなく、ましてや四本足のついたベッドなどではない。吾人の二日酔いの朝の顔にはしばしばこの魁偉《かいい》なる巨人の顔にある荘厳な憂鬱と似たものが漂うが、その淵源はこの寝具の相似に求められるべきか。呵、呵。カ、カ、カ。

若禿《わかはげ》。

★★
★★

僕はまだ十七歳だというのに、すでに額《ひたい》が後退し始めているのです。いまでは前髪をあげられないところまできました。先生、僕は悩んでいるのです。

　名回答を期待します。

（大阪府大阪市　匿名希望　高校2年生）

気にしない。
気にしない。
気にしない。
気にしない。
気にしない。
気にしない。
気にしない。
キニシナイ！！！

お尻の黒ゴマ。

★★
★★

文豪。愛しあってる男女の間では、何をしたっていいというのが、オレの信念なんだよね。それでオレ、よく女のお尻をなめるんだけど、ときどきあそこにはゴマみたいなものがついていて、これはどうもウンコらしいんだけども、何か独特の苦い味があるんだよね。ウンコは汚いっていうけど、そんなことないと思う。開高文豪、オレ、おかしいのかな？

（神奈川県伊勢原市　J・K　学生　21歳）

その苦味は、胆汁だろうと思う。胆汁の入っていないウンコは白いというから、ウンコが黒い色か、妙な色をしているのは胆汁のせいなんだ。消化液の残りの液よ。つまり、火事が起こった場合に水をぶっかけて火が消えた後に、黒い材木の焼けコゲが残るだろう、あのようなもんじゃないかナ。内臓の機能からすると、胆汁は消化剤なんだから（消火というのと似てるじゃないか）、君はこの黒コゲをなめているわけだ。ご苦労さん。

しかし、こういう君のようなのを、挺身的愛というんだろう。そのウンコが気にならない間——いや、いとしい間は、君はその彼女に惚れているわけだ。愛しているわけだ。だからウンコは大事にしなければいけない。

甘いお汁粉に塩コブをつけると、甘さがぐっと深くなる。香りのいい香水に、ほんのちょっと悪臭のもとになるものを入れると、香水に奥深いコクが出てくる。すべてドラマというものは、相反するものを結合せよという原則に成りたっている。君と彼女のからみあいもひとつのドラマであるかぎり、君が彼女のお尻の胆汁をなめてのけぞっているというのは、君がドラマの主役になっている証拠なんだ。まことによろしい。汚いとか汚くないとかというようなことは、愛にはありえない。汚いとか臭いとかいうのは、愛が醒《さ》めかかってきている証拠である。くさい仲でなくなりつつある。

したがって、こういう際は、汚いとか臭いとかというもののいい方はするんじゃない。この道の達人のフランス風の表現でいこうじゃないか——野性味があるって。おわかりか。

文章を書く。

前略

夜、手紙を書くなという諺《ことわざ》が

あります。ものを書くとき、感傷的になりすぎることを戒《いまし》めたことかと考えますが、私は夜にしろ、昼にしろ、自分の書いたものを読み返して、恥ずかしさで動けなくなることがしばしばです。これは自意識と知性のアンバランスからくるものなのでしょうか。このままでは、ハガキ一枚書くのに、一日過ぎるという人生を送らざるを得ません。

先生。そこで、消える一言一句と日々戦っておられるプロとして、どうしたものか、よきご指導をお願いします。

（富山県富山市　××××　27歳）

身につまされる。自分のことを書かれているような気がする。

私は小説家になってから二十八年か二十九年になるけれども、夜以外に文章を書いたことがない。夜でなければ文章が書けない。夜といくらかの酒がなければ文章が書けなかったし、いまでもそうだし、おそらく今後もそうだろう。

それから、自分の書いた文章は、雑誌になり、本になりして書店に出るわけだが、その間、一歩も書店に立ち入ることができない。これまた二十八〜二十九年の間、変えられなかった心の習癖だ。それでどうするかというと、自分の文章がのっている雑誌や本が送られてくると、全部押入れに入れてしまい、三年ほど空気にさらすんだ（押入れの中にも空気はあるんだよ）。それから、某日、恐る恐る夜中にそれを取り出して読んでみて、恥ずかしくなったり、ときたま感激してみたりする。そのころには、誰もこっちを振り向いていないし、みんなの後ろ姿すら見えなくなっている頃だから、他人の目で読むことができるんだ。

　どうして文章というのは、こんなに恥ずかしくなるのか――と、のべつ考えるけれども、そんなことをいいながら、また書かずにいられなくなるという、罪の深い職業に私は携《たずさ》わっているわけだ。

　しかし、作家の中にも、そういうタイプの人もいるし、そうでないのもいる。一言半句でも書いたら最後、友人、知人にこういうのを書いたから読んでくれと、触れて回っている男もある。私のタイプがいいのか、そっちのほうがいいのかという議論ではなさそうだ。要するに、感性や知性の二つのタイプがあるということなんだろうと思う。

　ともあれ、自分の文章に対する君の非常に感じやすい感性は、貴重な心の資産である。そのまま恥ずかしく縮ませておかないで、何かに使ってみたらどうかしら。道はあるはずだと思うよ。私のサイン入りのトレーナーを送るからジョギングで一汗かいたあと河原の草むらにすわって考えてみてごらんよ。

ちょっとピンボケ。

開高先生にお訊きします。

ロバート・キャパが死んで、ことして三十年になります。私にとってキャパとの出会いは、一枚の写真ではなく、一冊の本――『ちょっとピンボケ』です。この本を読みおえたとき、とても深い感銘を覚えました。ベトナム戦争従軍ジャーナリストとして死んでいった彼について、先生はどのような思い出をお持ちでしょうか。

（東京都中野区　赤尾和人　学生21歳）

私は彼と出会ったことはないし、接触したこともない。年代が違っていたからね。しかし、彼の『ちょっとピンボケ』は、ドキュメンタリー作品の最高傑作のひとつだと思う。あれを読み、彼の写真を見ると、せめて一杯、こんな男とゆっくり酒を飲みたかったという気がする。そういう感じを起こさせる著者と作品というものは、本であろうが、写真であろうが、めったにない。ロバート・キャパは稀有《けう》な人物だった。

なお、彼はハンガリー出身のユダヤ人であったから、英語が下手で、原文はとてもシンプルだ。そこがまたよかった。そのシンプルに、ディープがあった。ここだよ、君。シンプルだけではイカン。ディープのあるシンプルでないといけないんだ。

（三重県松阪市　刀根 茂　会社員　31歳）

知りません。存じません。初めて聞きました。今度、香港へ行ったら、食べてきます。こういう質問があるから、私は閉口するんです。

開口笑。

★★★

先日、料理の本を見てますと、中華菓子のところに開口笑《カイコウシャオ》という揚げ菓子がありました。先生は、『白いページ』や『開口閉口』の中でも、いろいろとご自分の姓について書いていますが、開口さんが笑うというこの菓子、開高さんの姓の由来と何か関係があるのでしょうか。

mazda

印度《インド》。★★★

私の尊敬する大先生殿。

小生は売れる旅行と売りたい旅行のはざまを旅する某旅行社の添乗員です。

過去、ソ連、中近東、印度を除く国はほとんど訪問し、このたび、やっと縁あって印度にも足を踏み入れました。もうすでに旅なれて、初めて訪れる国にもそう感慨はないのですが、印度には正直言っておちこみました。深すぎるからです。

日本に帰ってからは、日本の高いビルの上から印度の深い精神の谷をみながら生きていくことになりそうです。

先生、もし印度にいかれたのなら、その時、感じられたことをぜひともおきかせください。

（バナラーレのマイケルより）

暑いインドから、はるばるお手紙ありがとう。私はじつは、まだインドへ行っていない。行くチャンスはいくらでもあったんだけれども、ゆっくりと落着いてから行こうと思っていたので、まだなんだ。しかし、ここ二、三年内には行くつもりである。

旅のすれっからしになっていながら、君もインドにはやっぱり落ちこんだという。どんな軽薄短小の男でも、インドへ行って帰ってくると、なにやらみんなタゴールのような目つきと言葉つきでものをいいだすから不思議な話だよ。ひょっとすると、インドは世界の軽薄短小派をことごとく哲学者にするために、数千年、あの絶対貧乏といってよい精神と肉体を保持しつづけているのかもしれないと思うことがある。ご苦労さんといいたいけれども、彼らはむしろそれを歓迎して、心の深淵としているんだから、なんとも立派や——と私は思うことがあるな。

　ところで君は、インドにいるのならばタゴールの詩を読んでみたらどうだね。これは英語訳のいいのがすでに早くに完成しているから、そちらの古本屋で手に入ると思う。

　インドでなら、タゴールも理解しやすいんじゃなかろうか。その国の知恵は、その国で味わわなければなるまい——女も、酒も、料理も。

タゴール◉
インドの詩人（1861〜1941）。叙情詩集『ギーターンジャリ』が英訳されて、世界に東洋文化の深淵を知らしめた。インド国歌「ジャナガナマナ」の作詞者でもある。代表作に『園丁』などの詩集のほか、長篇小説に『ゴーラ』がある。

青春。★★★

　ラジオを聴いていると、ある詩人のことばとして、

「もし私が神だったら、青春を人生の最後にもってきただろうに」

　という言葉があるそうです。

　僕はなぜかその言葉が頭にのこって気にいりました。大兄は人生の最後に青春を持つことを望まれますか。望む、望まぬにせよ、一言お願いいたします。

（岡山県岡山市　岡崎尚志　公務員　28歳）


足腰が達者で体力があり、筋肉にも力がある――そういう人生の最後に青春を持てば、これはなかなかいいだろうと思う。

　しかし、体力も何もないのに、頭だけが青春、心だけが青春になったんでは、ちょっとおかしくないかしら。その点を君はどう考えるかね。則天去《そくてんきょ》私《し》。自然の摂理に従うのがいいんじゃないか……。

未熟。★

　昨年、この誌上で巨匠が「悉皆無、一切全」と書いておられました。小生いたくこの言葉に傾斜しております。勿論、かく成りたいと……。

ところで巨匠にあっては、この境地に食、女、酒、釣、文学……到達されたのでありましょうか。もし、到達されておりましたら、何の臭気に近く、もしくは何色にちかいかお教えください。

（三重県四日市市　抛棄星）


　残念ながら、小生いまだ到達しておらない。悟達していない。解脱《げだつ》もしていない。だからこそ、ああいう言葉を思いつくんだろう。

　習練不足で申しわけない。いずれそのうちに、どっかでお目にかかれるだろう。名乗ってくれたら、一杯酒を奢《おご》るぜ。

マネー。★★★★

　敬愛してやまない開高先生。先生にとってマネーとは、どのような価値をもたらすものなのでしょうか。小生、現在、赤貧《せきひん》状態であり、金がなければ食うものも食えないという状況に、深い疑問を持っているのであります。

（東京都豊島区　雨月タケオ　学生　21歳）


　明治時代の字引きは、日本人に英語を川柳《せんりゅう》まがいで教えていた。そういう字引きにこういう一句があって、それを紹介しておく――「金はある真似《マネー》、ないマネー、苦しいマネー」

私も、君と同じ年ぐらいのときは、のたうち回っていた。映画を一回観ると、家まで難波から北田辺まで、歩いて帰らなければならなかった。これは距離にしていうてもわからないだろうから説明すると、地下鉄の駅が三つ、私鉄の駅が二つ——合計五つの駅の間を歩いて帰ったわけだ。

現在、私が金を持っているとも思えないけれども、あんまり金がないことにとらわれるな。とらわれるなといっても、これは無理な話だろうが、そういうときは駄じゃれにでもして、いまあげたせりふでも呟《つぶや》いて、やせた肩をつっぱっておきなさい。いつまでもその状態はつづくもんじゃない。それだけは信じなさい。

駄じゃれをついでに——医者を毒《ドクター》たあこれいかに。

もうひとつ、こういうやつ——民主主義、なんでも暮らし《デモクラシー》よいがよい。

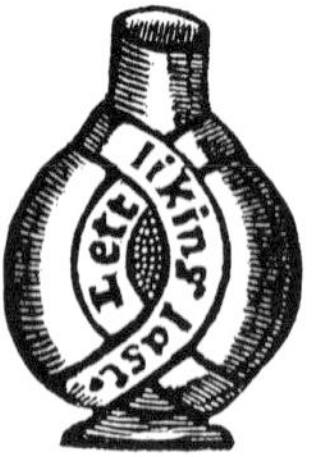

植村直己。★★★★

あの、探検家の植村直己さんが亡くなって、残念でなりません。
ナチュラリストである先生に、植村さんの思い出（生前お会いでしたら）と、追悼《ついとう》のことばをいただけたらと思います。

（栃木県黒磯市　中沢　節　公社員　21歳）

植村君とは、二度ほど対談したことがある。対談の後で、いつか君は行った先で亡くなるんじゃないかと、半ば冗談まじりにいったんだが、彼はニコニコ笑いながら頷《うなず》いていた。

「男が人生に熱中できるのは、二つだけ――遊びと危機である」というのは、ニーチェの言葉だ。これはいままでにこの欄でいく度か紹介したと思うが、男が危険を冒す気力を失ったら、この世は闇だ。男が危険を冒す気力に自分を賭けた、そのことによって人類は生きのびてこられたし、地球も宇宙も克服されてきた。地球は克服され、宇宙は克服されつつあるわけだ。その結果がいいか悪いかということは、探検家の気力とは関係ない。現在、日本の若者の間で危険を冒す気力が失われつつある、たいへん萎《しな》びれつつあるという説が唱えられることが多いけれども、もしそうであるならばたいへん困ったことだと思う。

夏の虫はランプ目がけて飛びこみ、体を焼いて死んでしまうが、男は情熱という火でみずから発火し、発熱し、そして死の一歩手前で死の顔を目撃してからこちらへ引返してくる。これをホモ・サピエンスの雄《おす》はくり返しつづけてきたんだ。

ゲーテが『西東詩集』の中で、ペルシャの詩人から影響を受けた結果としてだと思うが、死を媒介にしてこそ初めて生を味わうことができるんだ、この心の技を身につけなければならないといっているけれども、植村君はそれをそのまま実行したわけだ。ご家族には深く弔意《ちょうい》を捧げるけれども、しかし植村君本人は、死の瞬間には微笑していただろうと思いたい。

じつに惜しい男をなくした。国際的に実力が通用するごくわずかな日本人のうちの、筆頭の人物をわれわれは失った。

女の質量。★★★

女は量でしょうか、それとも質でしょうか。

（神奈川県相模原市　酩酊居士《めいていこじ》　学生）

量は質に転化するという唯物論の命題があるけれども、これは哲学である。

しかし、ひょっとしたら、女にもそれが起こるかもしれない。つまり、君の経験が深くなるんだな。深化するんだ。だから量でもあり、質でもあるだろう。とはいうものの、カサノヴァでもなく、ラスプーチンでもない君ならば——おまけに、のべつ酔っ払っているらしいから、ひょっとすると質をねらって量にならない、そして量をねらって質にもならない、アブハチ取らずの、いつも二日酔いばかりが手に入るということになりかねないから気をつけろ。若いくせに、こんなペンネームを使っているようでは、申しあげたような事態になりかねないぞ、本当に……。

獣姦。★★★★

先生にご質問。
昔から、人間と動物が交《まじ》わる話があります。伝説があり、民話がありますす。確かに、人間が動物と交わることがあったのだと思いますが、先生は人間と動物との交わりということを聞いたとき、とっさに思い浮かべる例を三つ、早口で話し、品《ひん》が落ちないうちに早口で終わってください。
(徳島県三好郡　堤健三郎　会社員　25歳)

よろしい。試してみよう。

その一。梅毒は、もともとアメリカ先住のバイソンという野牛の持っていた病気であるが、その雌を後ろからインディアンのひとりが強姦してそれが移され、そして全世界に広がったんだと聞いている。この壮烈さはどうだね、君。

その二。これはかなり広大な地域にわたって羊を放牧している民族ではよくあることらしいが、長い旅に出かけるときは羊を一匹、連れていく。そして、男はムラムラしてくると、夜空の星を眺めながら羊といたすわけだ。鶏といたすことを〝鶏《けい》姦《かん》〟という。それならこれはヨーカン(羊姦)とでも呼ぶべきか——。

その三。もうそろそろ早口で終わ

らないことには品が落ちかかってきたが、スウェーデンで魚釣りをしているときに、ある紳士がニコニコしながら、北海には大きなエイがいるから、今度それを釣ったら試してごらんなさい――という。エイの雌のあそこは人間の女性のそれにそっくりなんだそうだ。カンビールが出たり入ったりするぐらいの大きさだとか。ヒンヤリして、とても気持ちがいいものだそうである。これは何というのだろう――エイカン、エイコウ……。

どうだろう、早口で喋《しゃべ》ってみたつもりだけれども、品は落ちなかったかな？

脱サラもしくは転進。★★★

先生をサラリーマンから作家へと転向させたのは、何ですか。貧困ですか、それとも他の理由ですか。サラリーマン二年生として、興味があります。お教えください。

（神奈川県相模原市　染谷まこと　23歳）

私は、サラリーマンのころ、いっさいがっさい、すべてのことは書かれつくしてしまった、ありとあらゆる文体と発想で書かれつくしてしまった、私の書くことはもう何もないと思い詰めていて、作家になろうという大それた考えを持ったことがなかった。

それからサラリーマンの喜びとしては、婚約、結婚、出産ということがあるけれども、そんなことは大学生のときにとっくにやってしまったから、この方面の謎もなかった。したがって、私のサラリーマン生活は試験のない受験生活のようなものだった。

ところが、あるときまた新聞を読んで、何年かをサイクルしてササに実がみのり、それを求めて野ネズミがむやみにふえるという科学記事を読んだ。そこでヒントを得て気がつき、小説にしてみたくなって小説を書いた。

これが私の転機である。たまには新聞も読んでみたらという、教訓でもない教訓になったんだろうか……。

★★
★★

アル中不安。

仕事のストレスをいやすため、毎日のように酒を飲んでいます。このままではアル中になるのではと不安で、うすい水割りを飲むようにしてきました。

最近、友人にストレートでも、水割りでも、飲むアルコールの量

は同じだから変わりはないといわれました。本当でしょうか？

（栃木県宇都宮市　中村昭正　会社員）


ホント。まさに。

ご存じのように、体内で酒を処理する機能はまず胃袋、それから肝臓だけれども、水割りで飲んでもストレートで飲んでも、肝臓にかかるアルコールの負担量は同じなんだ。むしろ水割りの場合には、口当たりが軽いからストレートよりもたくさんアルコールをとるということになりがちで、結果として肝臓を疲れさせるだろう。バーは水割りで売ったほうが嬉《うれ》しいかもしれないが、君の肝臓はストレートできてほしいといってるんじゃないかと思う。

参考までに私の飲み方を申しあげると、ウォツカ、コニャック、何でもかんでもストレートでしか飲まない。ストレートで一口すすり、その後、氷水で舌を洗って冷やし、元に戻してやる。これを繰りかえす。そのほうが、酒そのものの味がわかるんだ。一人前の男が水割りなんか飲めるか。

しかもだ、君にいっておきたいが、近ごろのバーときたら、ミネラル・ウォーターと称して、じつは水道の水を空きビンに詰め、それでしっかり値段をとってるとこがある。それすらもわからないで、みんな水割りを飲んでいる。そんなバカバカしい儲《もう》けさせ方をすることはない。

もひとついっておくと、井戸水が一番うまい。最近は井戸水もいささか変化を起こしているけれども、それでもやっぱり日本の水はヨーロッパやら、中国やら、どこやらの国よりずっといい。だから、水道の水なんかでカルキ臭い水割りを飲むことはない。井戸水をわきに置いて、ストレートでやりたまえ。

戦争の影響度。

★★
★★

巨匠、質問があります。

ベトナム戦争に直接かかわったアメリカ、直接にはかかわらなかった日本。その違いは非常に大きいものがあると思いますが、その影響は文学・芸術などの分野ではどのように表われているでしょうか。

（静岡県熱海市　貝瀬幸一　学生　18歳）

個人も国家も、過《あやま》ちをおかすこと

で賢くなり、成熟していくものだ。この点では個人も、個人の集合体である国家もあまり変わりがない。ただし、個人の過ちはその個人にのみ響くんだけれども、国家が過ちをおかすと、どえらいことになる。その惨禍を思うと、こういうことはあまり口にしたくない。

しかし、残念ながら、人類史はこの事実をはっきり物語っている。アメリカはベトナムで負けたと思っているか、勝てなかったと思っているか——これはアメリカ人に訊いてみるしかないけれども、すくなくとも成功しなかったということだけは確かであるな。挫折したんだ。そのことによっておそらくアメリカは、北ベトナムよりは、国としてははるかに成熟し、国民も一歩、賢くなったと思いたい。むしろ、もっと大きな過ちは勝った国に起こるだろう。ベトナム戦争以後のベトナムをよく見てみたまえ。ここに、この理論の結果がよく表われていると思う。くどくどいうまでもあるまい。

さて、その影響が文学や芸術などの分野でどのように表われているかとのご質問。これにはすこし時間がかかるんだ。

たとえば第一次世界大戦後に、その大戦の経験を描いた『西部戦線異状なし』という小説が出たけれども、これは戦争が終わって十数年たってから登場した名作だった。ベトナム戦争の影響は、これからやっと芸術や文学の中に表現されてくるのではないかと思う。もちっと待ちなさい。

異人の嫁がほしい。★★

世界の人種の見分けがつかなくなってしまえば、人種問題も少しは減るだろうか。よし、異人種の嫁さんをもらうぞ。世の中に国際結婚が一組くらい増えても、どうということもないかもしれんが、個人的な願望でもあるし、いいだろう——などと一人で思ってます。先生の数多い異国の体験からして、「開高健のおすすめ嫁さん産出国」はどこですか。できれば、①混血の多い国（人種ゴチャ混《ま》ぜ化の促進化と個人的希望）、②背の高い女性の多い国（主に個人的希望。私は百七十センチメートルですが、それより背の高い嫁さんでもいいと思っております）——と、虫のいい希望を持っておるのですが……。

最後に。こんなことを考えている私は馬鹿でしょうか。

（北海道滝川市　遠藤好弘　25歳）

君はバカでも何でもない。むしろ、そういうことを考える時間のゆとりのある君の身分が、羨《うらや》ましいくらいのもんだ。

嫁さん産出国――これはなかなか答えるのが難しい。が、君のいう混血の多い国、また背の高い女性の多い国、これならばさしあたり私の行った国では、ブラジルということになる。

ここは世界中の民族が入り混じり、その上インディオの血まで入っているんだから、たいへんにごちゃ混ぜ化である。たとえば白人と黒人が結婚してハーフ・アンド・ハーフの子供が生まれる。これを国際的には〝ミルク入りコーヒー〟と呼ぶんだが、ブラジルにはその種の肌の色を表現する言葉が二十四種類だか二十八種類だかあると聞いた。確かにあの国は無限に混血しているのだから、形容する言葉もそれにつれて無限に多様化していくのだろう。

おもしろい国だよ。いっぺんブラジルへ行ってみたら。

芥川賞。★★★★

芥川賞が発表されるたびにいつも思うのですが、先生の選評が一番手厳しいようです。先生が満点を与えられる作品の条件とは、どんなことでしょうか。

また、芥川賞受賞作品で、最高の出来と思える作品を教えていただけたら幸いです。

（神奈川県小田原市　プネイ・プリス　学生　21歳）

私の芥川賞の選評が一番手厳しいとは、しょっちゅう聞かされるけれども、自分では手厳しいと思ったことがない。私は正直、自分の感じたままを書いているつもりである。何もないから何もないと書いているままでなんだ。ウソの形をかりて真実に到達するのが文学ではあるけれども、この選評というのは、ウソの形をかりない——かりてはいけないものであろう。以上終わり。

満点を与えられる作品の条件をお尋《たず》ねであるが、満点というものはあり得ない。芥川賞は新人の登竜門でもあるし、私は新人に問う資格は〝一言半句〟だと思っている。作品の中に、どこか鮮烈な一言半句があれば、それで私は票を入れる。後は修練によって、何とかなるものだ。ただし、その一言半句は地下に埋もれた鉱脈が地表に露出した部分である。その一言半句を書くために数万語、数十万語、数百万語を書かなければならないものだろうと思う。

　もう一度くり返すが、新人の作品には一言半句の鮮烈があればよい。

★★
★★

虐殺と芸術。

　去年、五週間ほどヨーロッパをフラフラ、クラクラと旅行していた時のことです。パリには一週間ほど滞在していたのですが、印象派美術館やルーブル美術館へ行って、ものすごい芸術の洪水に圧倒され、人の精神活動の尊厳というようなものまで感じました。

　しかし、その三十分ほどあとに、軍事博物館のすぐ近くで「第二次大戦の戦争犯罪のパネル展」をやっているのを見つけ、そこでナチスの収容所や南京虐殺や原爆（ヒロシマ、ナガサキ）の写真が展示されていました（おびただしい量の、殺害されたユダヤ人の髪の毛の写真、特に日本兵に犯されたあとの下半身が剝《む》き出しの女の陰毛の翳《かげ》りを見た時、吐き気を覚えました）。

その時ふと、人間を芸術に向かわせる衝動や情熱というものは、実は戦争や虐殺を行なわせるものと、同じ土壌に生まれるのではないかという気がして、深い絶望を感じました。開高さんは文学者として、自分を創造にかりたてる情熱について、どのように感じておられますか？

（北海道札幌市　重里有三　22歳）

その通り、まさに君のいう通りだ。芸術に向かう衝動と、戦争に向かう衝動は同じところから出てきているんだ。

戦前のヨーロッパ最大の詩人・哲学者であるポール・ヴァレリーが、こういうことをいっている――「文化とは、血を流さない想像力の戦争である」と。君のいう通りだ。君は二十二歳で、ヴァレリー並みのことをいっているんだ。今後の人生に自信をもってよろしいかと思う。

しかし、君のいう通りだからといって絶望を感ずることもない。半分だけ絶望すればいい。アウシュビッツに絶望を抱いたとしても、ゴッホやゴーギャンに希望を抱いたのだろうから、カードの裏と表みたいなものなんだ。絶望だけしてることもないのさ、君。

ただ、この問題に対して答えていると、本が一冊書けるくらいなので、このあたりで終わりにするけれども、要するに人間というのは、衝動によって大芸術を生んだり、大虐殺をやらかしたりする生き物なんだということを、はっきり弁《わきま》えておくこと。

いい質問だった。

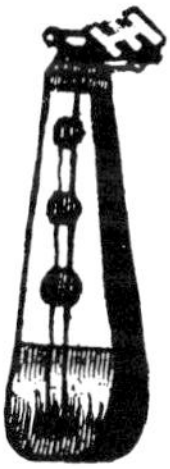

語学を学ぶ順序、もしくは相性。★★★

語学を学ぶ順序や語学同士の相性の善《よ》し悪《あ》しがあるのでしょうか。例えば、まず英語をやってから仏語を学ぶほうが能率がいいとか、独語と韓国語は同時に学んだほうがよいとか……良答お願いします。
(東京都墨田区　山中英典　学生　20歳)

確かに君の考えるように、ふたつ以上の外国語を勉強しようと思うのならば、相性の善し悪しというものはあるだろう。

しかし、語学同士の相性もあるけれども、その語学と君の相性のほうが、先に問題になってくるんじゃないのかな。君の頭が韓国語に向いているか、ドイツ語に向いているのか、ヒンディー語にふさわしいか、スワヒリ語に適しているか——これはやってみなければわからないんだから、やっぱり少しずつそれぞれを齧《かじ》って、その入り口を覗《のぞ》いてみて、こいつは入りやすそうだとか、ダメみたいだとか発見するのが、まずの条件だろうと思う。

したがって、酔払いのハシゴみた

いにスワヒリ語、ヒンディー語、エスペラント語と次から次へと軒並《のきな》み門を叩いても、この場合は誰にも迷惑のかかるもんじゃなし、ゲロを吐くもんでもないのだから、それから自分に向くのを決めればいいんだ。

天才は早熟か？

★★
★★

歴史の中で顔を出してくる人物は、早熟である——という命題を私は定めました。といっても、少数の例から推《お》し量《はか》ったいいかげんな仮説にすぎませんが……。

かくいう私は、高一で陰毛が芽を出しはじめ、高二でマスをかくことを覚え、大学一年で恋にあこがれ（そして破れ）、大学二年で学問に目覚めました。

そこで質問ですが、私のような晩熟のものでも、歴史の教科書に名前が載《の》るような人物がいるでしょうか。また、この仮説の真偽を答えて、その根拠を明らかにしてください。

（北海道札幌市　K・H　大学生20歳）

高一で陰毛が芽を出す。高二でマスをかき、大一で失恋し、大二で学問に目覚めたと君はいう。そして、君は自分のことを晩熟だという。

早熟なのか、晩熟なのか——いまは栄養が氾濫している時代なので、私にはよくわからない。窮乏時代に育ったオレなんかには、ちょっと手のつけようがない。わからない。しかし、まあ、晩熟であろうが早熟であろうが、どっちでも構うことはないんだ。十で神童、十五で才子、二十《ハタチ》すぎたらタダの人——こういうのが、大多数の神童のたどる運命である。生涯かけて神童だった人もいるけれども、そうではないほうが圧倒的に多いんだ。

　アインシュタインも数学の天才ガロワも、子供のときには学校の先生に相手にされなかったり、白痴扱いされたりしたという伝説は残っているし、アナトール・フランスなどという小説の名手は、四十歳すぎて文章を書き始めたくらいのものである。歴史に残るような人物にも、早もあれば晩もあるということさ。

　しかし、君にいっておくと、早熟の人物と歴史の関係を調べるのも結構だが、私がめぐり歩いた国にルーマニアがあり、そこで諺《ことわざ》をひとつ聞かされたことがあって、それを教えといてあげよう。

「月並みこそ黄金」というんだ。

　これは、うかつに人並みでない、月並みでない才能を与えられると、この酷烈な人生と世界では苦悩ばかりが生じて、生きていきにくくなる。胸苦しくなる。そういうことを語っている諺なんだ。趣味として早熟と歴史の関係を調べるのはいいが、その段階にとどめておきたまえ。——もちろん、苦悩ばかりの人生を送りたければ別だけどネ。

　もう一度、くり返す。月並みこそ

黄金。これは大人にのみわかる答えかもしれない。君はまだ理解するのに若すぎるか。まず、サイズMのトレーナーを希望してるようだから、それを送る。そこにも何やら格言が書いてあるから、それを読んだ上でまた考えてみなさい。

ガロワ◉
フランスの数学者（1811〜32）。天才は若死にする――という言葉は彼のためにあったといえるほどだ。17歳にして代数方程式の冪根（べきこん）による可解性の問題を解き、群論の創始者となる。政治活動にも積極的にとびこみ、陰謀による決闘で殺された。

アナトール・フランス◉
フランスの作家・批評家（1844〜1924）。パリ・セーヌ河畔の古本屋に生まれ、幼い頃から古典に親しみ、初めは高踏派の詩人であったが、『シルヴェストル・ボナールの罪』で名をあげた。ドレフュス事件の際、ドレフュスを擁護したことでも有名。

BGM。★★★★

先生。BGMというのは、いろんなときの雰囲気を盛りあげるのに、とっても大切だと思います。たしか、この「風に訊け」では、いつもワーグナーの何かを流してから始めるっていってましたネ。

　そこで質問ですが、先生はSEXのときには、どんなBGMがいいと思いますか。ベスト3《スリー》を教えてください。

（長野県更埴市　市川洋治　農業　24歳）


君が急激なセックスを好むか、緩《かん》慢《まん》なセックスを好むか、序・破・急と三段階のあるセックスを好むか、それとも起・承・転・結と四段階のあるセックスを好むか——それによっても変わってくると思う。

　しかし、たとえば『インターナショナル』などはどうかな。冒頭、日本語訳では〝立て、飢えたる者よ〟というセリフから始まるから、暗示をかけるのにいいかもしれない、フツフツと怒りがこみあげて、最後に一発たたきこむときには、なかなか効果を発揮しますという学生闘士がかつていたがネ。

　頑張って、夜っぴてやろうっていうんなら『ダンシング・オールナイト』はどうや。疲れるでェ。

女の立場から、ちょっと乱れた気分——娼婦気分で、しかも可愛らしくというんなら、『カム・カム・エヴリバディ……』でも歌えばよろし。

　これがベスト3とは思えないが、本欄担当のT君は、ラヴェルの『ボレロ』が単調で、もの憂《う》く官能的で、ちょっとなじんだ女を相手には絶対ダ——といっている。念のため。

マール。

★★★★

先日、マールという酒を友人からもらいました。ふつうのワインかと思ってましたが、飲んでみるとずいぶん強い酒で驚きました。あれは、いったい、どういう酒なのでしょうか？
（宮城県仙台市　八百板正　学生
23歳）

　フランスのかすとりブランディだよ、それは。ブランディのことをフランス語では eau-de-vie という。〝生命の水〟という意味だがね。

　ぶどうをつぶして、醱酵《はっこう》させて酒にして樽につめた後に、プレスされたぶどうカスが残る。そこへ酵母を入れ、水を入れ、もういっぺん醱酵させて酒をつくる。それをチンタラ、チンタラと蒸溜してポトリ、ポトリと落ちてきた滴《しずく》を集めたのが、マールだ。

　だから、三つぶどう農園があれば、

三種類のマールがあるということになる。ロスチャイルドのマールもあれば、ロマネ・コンティのマールもあるわけだ——じっさいにあるかどうかわからんけどね。つまりそれは、ぶどう園主が自分の楽しみとしてつくる焼酎であり、ブランディなんだ。

　マールで有名なのでは、シードル（りんご酒）、このシードルをつくった後のつぶしたカスのリンゴ、これにもう一回水と酵母を入れて醗酵させて酒にして、それを蒸溜したのがある。これもやっぱりかすとりブランディなんだが、それはカルバドスという。『凱旋門』という小説と映画の中で飲んでたけれども、ひなっぽい、田舎美人というタイプの酒だ。これをまた、樽につめて本格的に寝かせると、なかなかにいいカルバドスができる。

　ついでながら、パリへ行って、キザっぽく〝カルバドスを一杯〟といいたかったら、バーテンダーにアン・クー・ド・カルバといえばよろしい。〝カルバを一発〟という意味である。

優か良か。★★★★

　先日、ある本を読んでいると次のようなことが書いてありました。

「世界最大の哲学者の一人であるA・N・ホワイトヘッドは教育について『試験に〈優〉をとる人間に私は懐疑的である。試験に答えるように期待されていることを答える能力とか、それを答えて満足しているような態度は、ある種の浅薄さと皮相さを示している。〈良〉をとる人間は、少し鈍いかも知れないが、頭脳の鈍さは独立的な思索に先立つ一つの条件なのである』と言っている」

　私は試験で〈良〉をとる人間のほうが〈優〉をとる人間よりも必ずしも優っているとは思いませんが、この言葉には一理あると思います。開高兄のご意見をお聞かせください。

（大阪府大阪市　山田喜弘　18歳）


　十八歳の君に、開高兄なんていわれて嬉しいものやら、悲しんでいいものやら……。

　おそらくホワイトヘッドのいうとおりであろう。が、試験の優をとる人間は、なぜ優をとれるのかという点についての、ホワイトヘッドの解説は必ずしも当たっているとも思えない。そういう人間が優をとる場合もあるが、しかし同時に、試験向きの頭というのも、この世にはりっぱにある。たくさんある。

　だから、それは単に、試験に向いているという頭なんであって、脳の質そのものとは関係がないように思われる。そういう秀才が学校を出て、実際社会に入って、人間関係にもまれだすと、とたんにダメになっちまう。君のまわりでも、探せば、そんな例があるはずだ。したがって、本来、試験向きの頭――これはよいとか悪いとかいうもんじゃなくて――そういうふうにしてできている頭とでも解釈しておくしかない。

　しかし、頭が鈍いということは、独立的な思索に先立つ一つの条件なのである――という意見には、半分賛成する。独立的な思索をするためには忍耐力、しつこさ、こういった地味な、足を地につけた心の覚悟が必要なんであって、キラキラ光っているだけの秀才にはなかなかできにくい。一見鈍いやつのほうが、しばしば頭角《とうかく》をあらわすことがある。後年になって頭角をあらわすことがあるのは、おそらくこのあたりからくるんだろう。だから、それは鈍さというように解釈するよりは、むしろ、さっき申しあげたように、しぶとさとか、持続力とか、忍耐力とか、そういう言葉で説明したほうが正説かと思われる。

　ところで、君の頭は試験頭なのか、

それとも思索頭なのか、あるいはノー・ヘッドなのか。どのヘッドなんや？

A・N・ホワイトヘッド◉イギリスの数学者・哲学者（1861〜1947）。バートランド・ラッセルとともに大冊『数学の原理』を著わし、純粋数学を形式論理学の一章として展開しようと試みた。

★★★ピカソの線。

前略　開高先生様

ピカソについて私は彼（ピカソ）は色価、筆という点では凡庸《ぼんよう》なる人だと思いますが、線という点では天才なる人だと思います。

ピカソは線の天才だ。

頓首

（福岡県行橋市　小西一丘）

いや、ピカソの線が天才であるとは思えない。君のいうように色や筆よりも、彼が線を描くことに長《た》けていたとは思うけれども、あれを天才と呼ぶならば、線の超天才はまだまだたくさんいる。

たとえば、そのひとりにハンス・エルニという、確かスイス人だったと思うけれども、彼の馬の絵を見たまえ。それとピカソを較べてごらんなさい。それからもういっぺん考えてみたらどうかしら……。

ハンス・エルニ◉スイスの画家版画家（1909〜）。ドラン、ブラックに学ぶ。テクノロジーの支配下にある人間の困窮を、線描の強い独特の様式で表現した。代表作には壁画の『人間の征服』がある。

やさしい男の子。

★★
★★

先生、近ごろの男の子って、どうしてこう軟弱なんでしょうか。私たち女の子は、男性に一番求めるのはやさしさだとよく言われますが、何かそれをはき違えているんじゃあないでしょうか。やさしさを大安売りする男の子ばかりです。こんな男の子ばかりでは、男性に対する興味もなくなります。男レスビアンになってしまいそう……。

（神奈川県横浜市　M・Y　学生　21歳）

正確。まさに正確。そのとおり。すくなくとも五十三歳のオッサンである私の目から見ても、そう見える。やさしさの大安売りの時代である。

やさしくなければ生きていく資格がない——といったのは、ハードボイルド探偵、フィリップ・マーロウ先生であるが、これを角川書店がコマーシャルに使ってからか、いや、それ以前からか、いや、そのもっと前からの時代のせいなのか、やさしさの大安売りである。まったく、君のいうとおりです。困ったこってす。

しかし、男はやっぱりやさしくなければダメでしょう。そのやさしさにもいろいろあるんだということを、まず考えていただきたい。マーロウ先生は、ピストルを持って町へ出かける前に、タフとやさしさをカードの裏と表のようにやってるんだね。

つまり、私の専攻科目は渓流の釣りだけれども、これに譬《たと》えていうと、無気力が源《みなもと》になっているやさしさ、無気力が川の源になって下流がやさしさになっている、そういうやさしさの谷川と、タフとハードが源になっていて、下流がやさしさになっている、そういう谷川があると思う。

それで、谷川でしばしば水を飲む経験から申しあげると、谷川の水がなぜうまいかといえば、岩の中をくぐりぬけ、かけぬけ、岩の中に含まれている要素をすこしずつ溶かし、それから酸素がたっぷり入り、絶えずもまれているので空気が新鮮で、酸素が沸騰していて、そのために谷川の水はうまいんです。ミネラル分も入っている。

だから、やっぱり、あなたのように男の子が軟弱すぎて食い足りない、歯に合わないとおっしゃる向きは、谷川の上流の岩と石と急流でもみつくされた、そのあげく出てきたやさしさを持っている、そういう谷川を探すことです。こういうやさしさには底が入り、いつまでもつづくよさがあるんだね。いってみれば、五十三歳のホロ苦い男の横顔に浮かぶやさしさみたいなもんですね。これは、いい味がしますぞ。別に小説家でなくてもいいけどね（小説家であればもっといいけどネ）。

文学部。

★★
★★

微少年ながら気になることがあります。

それは大学の〈文学部〉のことです（特にその中でも、国文学科とか仏文学科とかいう、小説を主に扱う系列です）。全国にある多くの大学に文学部はあり、毎年、相当数の人間が出たり入ったり、留まったりしています。しかし、いったい文学部に入ったから、文学部で学んだからといって文学は解るものなのでしょうか。そうしなければ解らないような類《たぐい》のものなのでしょうか。文学部の内容を知らずに勝手なことを言ってるに過ぎないのですが、文学を学ぶための学校が（あってもいいのですが）数多くあるというのは、どこか不気味な感じがします。

文豪の考えをお聞かせください。

（長野県上田市　N・U　18歳）

君の疑問は、すでにとっくに芥川龍之介が書いていることである。私にいわせれば、文学がわかりたいのならば、大学の文学部などへ入る必要はない。いや、大学の文学部などへ入ると、文学がいよいよわからなくなる。いや第一、つまらなくなる。文学というのは、自分ひとりで寝ころんで、読んで、深夜の密室で味わうものである——いや、白昼でもかまわないがね。ベンチでもかまわない。とにかく、教壇、講壇、演壇から文学を講義されると、その瞬間、いっさいの名作は凡作になり果てる——こういう特質があるんだ。

君が文学を愛しているのならば、大学の文学部に入るのはよしなさい。すでに入っているのなら、あしたからやめなさい。そういう質問を発する以上、おそらく君に答える必要はもうないと私は思うよ。Tシャツとトレーナーをあげる。頑張りなさい。

ナチュラリストの訳語。★

ずっと以前に、先生はこの欄で、日本で一番のナチュラリストとして、私の記憶が正しければ、今西錦司氏と中西悟堂氏のお名前を挙げておられたと思いますが、さてこのナチュラリストなる言葉、何かよい日本語に直せないものでしょうか?

「博物学者」「自然主義者」という訳もいまひとつピンときません。先生ならばどう訳されるのかお聞かせください。

（岐阜県大垣市　千藤克彦　23歳）

目下、私も困っているところだ。私なりにナチュラリストという英語を理解すれば、それは専門の博物学者を指すだけでなく、もっと広い意味で、自然愛好者というぐらいのあたりで解釈しているんだけれども、それにふさわしい日本語がまだ見つからないでいる。そのうちに見つけようと思ってはいるんだが、それより、君、いい日本語訳を考えてくれないか。そして、教えてちょうだい。いまはTシャツをあげるが、そのときはトレーナーをあげよう。

最後の晩餐。★★★★

文豪。
文豪は〝最後の晩餐〟では何を食べたいと思いますか？　また、その理由は？
（千葉県旭市　石毛たけし　自営業　25歳）

古今東西、無数の作家と詩人が言葉および文字によって、あらゆる料理の表現をしてきたけれども、いまだかつて、だれひとり描写していないものの味がひとつある。いや、ふたつある。

ひとつは生まれた直後に、ガーゼにしませて飲ませてもらった最初の水の一滴の味。それからもう一つは、死にぎわに唇にしませてもらう水の味。これを描写した作家も詩人も、いまだにいない。

私はこれについて一言半句、何やらつぶやいてから去っていきたいね。〝水〟だよ、君。〝水〟だ。

農業讃。★★

こんにちは、先生。
先生は、よく外国に出かけられてますので、オーストラリア、ブラジルなどに行かれたと思います。

そこで質問があるのですが、僕は今から先は、農業が大事だと思います。二千年になると異常気象や人口の増加で食糧難になると、いろんな学者が言っています。それで僕は、日本が一番危ないと思います。人口は多いし、自給率が低いからです。僕は農業系の大学で勉強して、オーストラリアかブラジルのほうに移住しようと思っています。先生の意見をおきかせください。

では、乱筆乱文失礼します。

(福岡県北九州市　須尭紀文　学生17歳)

確かに君の葉書は乱筆で書かれているし、乱文といいたい面もある。農業が大事だといい、祖国日本が一番危ないといい、そこで農業系の大学で勉強したいという――ここまではいいが、祖国日本を憂《うれ》えているのかと思うと、君はブラジルへ行ってしまうというじゃないか。いったい、祖国はどうなるんだ。君が去った後、人口が多くて、自給率が低くて、どうしようもない祖国日本に残される私たちのことをどう考えてくれるんだ。

確かに、これはちょっと乱暴な意見じゃないか。ちょっと考え直してくれや。

中華粥。★★★★

先日、香港に旅行しました。食いしん坊の私は、飲茶《ヤムチャ》、海鮮料理、北京、広東、上海……（満漢全席はさすがに無理でしたが）、いろんなものを食べ、いたく満足させられました。

しかし、一番印象に残ったのはおかゆです。酒を飲んだ後、二日酔いの朝、最高の味でした。日本で食べた病人食のおかゆとはぜんぜん違います。

先生、あのおかゆはどうしてあんなにうまいのでしょうか。教えてください。

（埼玉県川越市　宇佐美 真　会社員　26歳）

教えてつかわそう。中華料理のおかゆと日本料理のおかゆの決定的に違う点がいくつかある。

日本料理のおかゆは水で炊《た》き、おかゆそのものを食べ、あまり中へものは入れないというのが一般の習慣であり、病気のときだけに食べるというのも特徴である。しかし、中華料理のおかゆは、スープで炊き、魚、肉、内臓、ありとあらゆるものをその中に入れることができ、病気以外でなく、朝だけでなく、年がら年じゅういつでも食べるものなのだ。ここに決定的な違いがある。それから、中華料理のおかゆの場合に、ユウチャオ——ゴマ油で揚げたねじりパン、これをちぎって入れて、ふうふう吹きながら食べるとさらによし。そこにシャンツァイ（香菜）を入れると、さらにまたよし。この香草はかなり匂いがきついので日本人では嫌がる人も多いが、食べつけるとやめられない。これは、英語ではコエンドロと呼ばれているハーブである。スパイスである。

日本の日本がゆを食べながら、これにモツを入れたらどうなるだろうか——などとはおよそ考えてみることもないが、中華がゆにはよく洗って血抜きをしたモツを入れると、かえってうまくなる。それで小皿にトウガラシと醤油に酢を一滴落としたものを用意しておく。おかゆの中で煮えたモツを引き出して小皿にピチャンと浸し、それをまたおかゆへ戻して、すすりこむ。非常によろしい。栄養満点。豊満華麗。いうことなし。

これを病人食としても食べるわけなんだけれども、こいつを西洋の病院のポリッジとか、オートミールとか、それからコーンフレークスなどと較べると、いかに中国文化というものが深く、広く、ひだが深く、豊かで、リッチなものかということがわかる。できるものなら、中国人の病院に入りたい。西洋で病院には入りたくない。そう思いたくなる。

おかゆはすばらしい。君がいろい

ろ食べ歩いた中で、一番印象に残ったのがおかゆだというふうなことを述べているあたり、君はなかなかの味覚の持ち主であるといわねばなるまい。

　なお、蛇足《だそく》としてつけ加えておくと、すでに炊かれているご飯をドンブリ鉢に入れ、その上にザンブリとスープをぶっかけたものをおかゆだといって出す菜館があるが、これはとんでもない間違いである。これはパオファン（泡飯）と呼ぶ。ドンブリ鉢の上に、近ごろ中華丼と称していろいろなものをぶっかけるのがいる。これも中華丼とは呼ぶが、正しくはフォイファン（会飯）である。パオファンとフォイファンはおかゆではない。気をつけてください。

俳優。★★★★

映画中年である小生、子供のころより数多くの映画を見、笑い、喜び、泣き、怒り……してまいりました。

最近、痛切に感じることは、昔はジャン・ギャバン、ピーター・ユスティノフ……と、存在自体が芸術であるような俳優が多くいましたが、この頃はとんと見当たらなくなりました。小生と同じくシネディクトの開高さんは、この時代をどう見ておられましょうや……？

（大阪府吹田市　大和田 正　43歳）

同感。賛成。一致。まったくおっしゃるとおりです。

近ごろの映画は役柄があるだけで、俳優がいるのかいないのか、よくわからない。俳優が画面に出てきて演技らしい演技もせず、表情らしい表情もつくらず、ただヌッと出てくるだけで、画面にモワモワッと雰囲気が漂ったり、キリッと引き締まったりするというあの妙味を、われわれは忘れて久しくになりますな。

私の好みで言えば、ルイ・ジューヴェ、ジャン・ギャバン、シュトロハイム……いくらでもいました。脇役が主役を食うような、そういう存在芸術がいくらでもいた。いま、ど

ういうわけでこんなことになっちゃったんでしょうかね。使い捨てライターの時代のせいかしら。悲しいことです。便利ではあり、機能は果たし、その場の役にはたつけれども、それっきりのこと。

そういうものもあっていいとは思うけれども、何度見ても見あきない芸の妙味というものも、やっぱり絶対必要なんだ。水は酸素と水素でつくられているけれども、その酸素はあって水素がないという感じ、あるいは水素はあるが酸素がないという感じ。水はある。ときどき水はある。しかし、酸素がぬけている。そんな感じですな。早いうちに目を閉じましょうや。

ジャン・ギャバン◉
フランスの俳優（1904〜76）。ジュリアン・デュヴィヴィエ監督の『白き処女地』に主演して頭角を現わし、『望郷』『どん底』などの名作で、名を不動のものとした。第2次大戦後も『ヘッドライト』をはじめ、多くの作品を通じ、わが国にもファンが多かった名優。

ピーター・ユスティノフ◉
ジャーナリストの父、著述業の母の子として1921年、ロンドンに生まれる。両親とも白系ロシア人。多方面の才能に恵まれたピーターは、『スパルタカス』『クォ・ヴァディス』などのほか、『トプカピ』で特異な才能を発揮、世界にファンは多い。シナリオも書き、監督もする器用人。

ルイ・ジューヴェ◉
フランスの名優（1887〜1951）。パリの薬科学校で学んだが、卒業後演劇界に入り活躍。映画では『どん底』『舞踏会の手帖』『旅路の果て』などに主演。風格ある風貌と絶妙の演技によって、一時代を築いた。

エーリッヒ・フォン・シュトロハイム◉
1885年、ウィーン生まれ（〜1957）。両親ともユダヤ人。アメリカに移民し、新聞記者をつとめた後、ヴォードヴィル劇団をへて映画界入り。『大いなる幻影』『サンセット大通り』などで、強烈な個性を示した。

モダニズム。★★★★

文豪に質問します。

「本当のモダニズム」とは何か？　二百字以内で答えよ。（回答時間十分）

（千葉県市川市　伊藤孝一　会社員20歳）

一、最高の材質。
二、デザインは極端なまでにシンプル。
三、機能を完全に果たす。

以上で十分二百字以内でおさまったと思うが、建築、家具、彫刻、絵画、日常用品、いっさいがっさいデザインと名のつくものは、右の三つがモダニズムの本質だと、私は思う。男女の服飾ファッションについても、おそらく……。

ただし現代は、百花斉放《ひゃっかせいほう》、百家争鳴《ひゃっかそうめい》の時代だから、いくらこんなことをいってもすべてがこうなるとは思えないし、なりえようもない。すべての人にこれができるとも思えないが、しかし、一部のホントに志の高い、感性の豊かな人ならば、納得してくれるはずである。百人のうちひとりでも見せてくれるならば、余は満足である。

以上、終わり。

地獄の黙示録。★★

単刀直入に申します。
先生は『地獄の黙示録』と『泥の河』という二本の映画について、どのような感想をお持ちですか？

（東京都田無市　樋口英樹）

『泥の河』は観てないけれども、『地獄の黙示録』はニューヨークで最初に公開されたときに、ジークフェルドという映画館で観た。一九七九年だから、五年前のことだ。あれは部分部分、描写にいいものはあるけれども、全体としてみればナンセンス。ばかばかしかったな。

特に、ヘリコプターの編隊が、「突撃！」という場面で、ワーグナーの〝ワルキューレ〟を使っているのには、暗闇の中で思わず吹き出したものだ。この音楽は、「そらいけ！」という場合に、よく映画で使われるんだけれども、それがそのままあの映画に出てきたんで、あまりに常套《じょうとう》的なんで、呆《あき》れたってわけよ。

女とは？★★★★

女にも、ジョークにも達人である開高文豪にお願い申す！

女をテーマにした傑作ジョークを披露《ひろう》被下度《くだされたく》。

（東京都多摩市　苦虫をかみつぶしてばかりいる48歳の会社員）

ジョークではないけれども、次のようななぞなぞを、ルーマニアにいるとき、毎日、運転手に聞かされたことがありますナ。

Q　ぶどう酒と女はどう違うか？

A　ぶどう酒は栓をぬいてから楽しむが、女は栓をしてから楽しむ。

Q　劇場と女はどう違うか？

A　劇場ではドラマが終わって幕がおりるが、女は幕をあけてからドラマが始まる。

アフリカの子供たちの親。

しばしばTVでアフリカの飢えた子供達について報道されますが、戦乱とか旱魃《かんばつ》が続いている時に子供をつくると、ああなるのは当然で、あの子の親たちに憤《いきどお》りを覚えます。ところが、その点には触れられていないようです。私の見方は、いわゆる人道から外《はず》れるのでしょうか。

少なくとも自分は、あのような

状況下で子供をつくることは避けると思いますが——。

（東京都豊島区　鬼検事　21歳）

ふつうには君のいうとおりなのであるが、人間は危機に迫られると逃げ場がなくなって、男は女の体の中に逃げこみたい、女は男をヒシと抱きしめたい、こういうことになる。そこ以外に、逃げる場所がないからなんだ。その結果として、子供が生まれる。子供が生まれても生まれなくても、危機の状況に変わりはない。あしたまで生き延びられるか、あさってまで生き延びられるかわからない状況になる。そのためにどうしても男は女に走り、女は男を求める。当然だ。その結果として子供ができるかできないかなど、当事者にとってはその瞬間にはどうでもいい問題なんだろうと思う。

しかし、現在のアフリカの旱魃、戦乱というような点についていえば、たとえば次のようなせりふがある——「この子捨てざれば我が身飢《う》ゆ。この子捨つればこの子飢ゆ」——だけど、こんなことをいってみてもなんにもならない。君もこんな手紙を書いてくる前に、ハンバーグのひとつでも送ってあげたらどうかね。

現在の先進国と称される国——パリ、ニューヨーク、東京、こういった都会で出てくる食べ残し——味覚を別にして、それをカロリー計算すると、アフリカの国が三つか四つぐらい養えるらしいんだが、残飯を輸出するやつはいないので、そのまま捨てられている。残飯が出ないように制限すればいいんだろうが、そのためには全体主義体制が必要になる。これは困るし、かえって飢える国は飢えるままに放って置かれていく結果にもなるんだ。

　難しい問題だよ、君。

朝。★★★★

先生、お早ようございます。

僕は今、あさ、です。

先生は夜かも知れませんが、先生にとって最高の朝とは、いつ、何処で、どんな朝であったでしょうか。

是非、風にきいてみたい。

（栃木県大田原市　光り洋　23歳）


　ネズミの巣のようなパリの安下宿で、うつらうつらとしながら、ノートルダム寺院の朝禱鐘の音を聞いた朝。

　サイゴンで朝六時ごろ、寝床の中

でうとうとしていると、涼しい風がふと窓から入ってきて、窓の外をウドン売りのおばさんが「ウドンウドン」と叫びながら通り過ぎていく、その声を聞いた朝。

　カナダのオンタリオ州北部の大森林圏の湖の岸で、丸太小屋で目を覚まし、ルーン（水鳥の一種）の声を聞きつつ、うとうとしていた朝。

　etc、etc……。

　いつもウトウトであるナ。

怪獣。★★

　ゴジラが最近復活しましたが、先生はどんな怪獣がお好きですか？　想像、実在、両方お答えください。

（東京都江東区　鈴木 誠　高校3年生）


　ネッシー。

　想像の所産だといい、実在だという。実在だといい、想像だという。こんな論争が百年も絶えないから。こういう論争は、ほかに類がないので、ネッシーを見たいネ。

　なお、アメリカ北部からカナダにかけて、サスカッチという大きな足の持ち主がうろうろしているという説もあり、これも見たい。サスカッチは、ビッグ・フットとも呼ばれている。

女子大生。

女子大生が軽薄短小時代の寵児《ちょうじ》のごとく形容され、何かと嘲弄《ちょうろう》する人がいるけど、それはその程度の女子大生としか付き合うことしかできない人の愚かさの披瀝《ひれき》であり、証明ではないでしょうか。世の中に才色兼備の素晴らしい女子大生がいることも知らず、自分の価値を貶《おとし》めてる哀れむべき人たちです。女性は「いい男と付き合わなければいい女になれない」といわれますが、男も同じことではないでしょうか。感嘆詞連発ギャルばかり相手にして戦果を誇っても、心が乾くだけです。ある面で「男もいい女と付き合わなければいい男になれない」と思いますが、先生の忌憚《きたん》のないご意見を是非お聞きしたいと思います。

（栃木県今市市　手塚仁　学生　18歳）

そのとおりである。

なお、念のためにチェホフの言葉を差しあげておこう――「女のいない男はバカになる。男のいない女は枯れる」

来世は魚に？

★★
★★

私め、テンカラ釣りをモノして十余年になりますが、つくづく思うに、フワッと「気」が抜けている時、ガバッと喰いついて、アレッと思っていると鈎《はり》にかかっている感じがいたします。意識しているうちは、魚にも分かるのか誘いをかけねばなりませんが、前記の状態は、自然の中にスッポリと自身が入っているフィーリングです。巨匠は如何《いかが》なものでしょうか。

さて、釣った魚は天の恵みとして有難く口に入れておりますし、無益な殺生《せっしょう》にしないよう気を付けてますが、魂の輪廻《りんね》があれば「来世」に魚に生まれてくることを思うとゾッとします。何かいい知恵などございませんでしょうか。

それと、人は幼少の頃釣りをして、一時中断して、何故に「エエ大人」となって再び復《ま》た竿を手にするのでしょうか。

（福井県勝山市　釣り三昧）

なかなかええことというなァ。小説も傑作意識に張りきって、緊張して、うんうん、ぶつぶつ、呻《うめ》きながら書いていかなければならないときがあるけれども――どうしてもそういう意識から抜けられないときがあるんだが、うんうん詰めていくと、君のいうフワッと気が抜けるときがきて、瞬時に一言半句、思いもかけずいい文章が書けることがある。これをジイドはいささか難しく表現して、「芸術には悪魔の助けが要る」と、こういった。悪魔の助けというのは、さまざまに解釈できるが、無意識というのも悪魔のひとつの助けだろうと思う。

君のいうように、フワッと気が抜けているときに魚がかかるのを、私は何度も経験している。しかし、思いつめて思いつめて、釣ろうと一心になっているときに釣れることもある。どちらがどうともいえないので、気を抜いていいのか、気をこめていいのか——ときどき迷うことがある。なかなか難しいデ。一匹の魚にしてこれだけ難しいんだから、その他のことはもっと難しくなるだろうよ。

ところで、魂の輪廻があるならば、来世に魚に生まれ変わってきたら——そのことを思うとゾッとすると君はいう。が、ちょっと気をつけてくれ。すべての魚が君に釣られるわけでもないし、谷川の魚が一匹残らず釣師に釣りあげられるわけでもない。生き延びて、天寿を全《まっと》うする魚もいるじゃないか。したがって、今世において魚にどうやって逃げられたかをよくよく覚えておき、その意識だけを棺桶に入れて来世へ旅立たれるがよろしい。そうすれば、君は谷川でたった一匹生き残れる、主《ぬし》のような魚になれるじゃないか。何も今からゾッとすることはない。君が逃がした魚を大事に思って、どうして逃げられたかをよく覚えておけばいいんだ。これがいい知恵というもんじゃないかな。

それから、子供のころ釣りをしていたのに一時中断して、大人になってからまた釣りをしたくなるのはなぜか――これは答えられるように思う。つまり、男の中には永遠に子供がひとり、住んでいるんだ。いや、人によっては何人も住んでいる場合もあるが……。それが大人になって、いろいろなことに突き当たり、甘い辛いをかいくぐり、自分の人生の限界も見えてきたりして、しかもなお自分の中にいる子供を納得させることができない。そこで再び子供になりたくって戻っていくんじゃないか。つまり、これは故郷へ帰るようなもんだよ。心の帰郷さ。カミング・ホームというもんだ。まぁ、魚を大事にしてやってくれや。

一人旅。★★★★

一人旅には、グループとは違った旅の楽しさ、旅情の感じ方があると思います。しかし、何かの本で、一人旅がさかんになってきたのは、個人主義の表われというようなことが書かれてありました。先生は一人旅について、どうお考えですか？　また先生は、僕らの年代に一人旅をされたことがありますか？　もしありましたら、どこへ旅をされたのかも教えてください。

（長野県諏訪郡　小林昭大　大学生　21歳）

君は二十一歳の大学生だそうだが、その年齢のころ、私はどん底の貧乏、食うものも食えず、しかも女ができ、子供ができ、密かに泣きに泣いていた。一人旅に出たくて出たくてしようがなかったけれども、手から口への生活に追いまくられて、とてもできなかった。当時の私のたったひとつの夢は、国外逃亡だった。それができなかったばっかりに、五十三歳になって未だに世界中のあちらこちら、魚を釣り歩いて、放浪して歩いてるんじゃないかと思う。年齢にふさわしいことは、やっぱりその年齢にやっておいたほうがいいような気がするが、そういう境遇になかったために、こういうちぐはぐなことになってしまったわけや。

さて、一人旅が盛んになってきたのが個人主義の表われだということだが、そうであるかもしれないし、そうでないかもしれない。大昔から一人旅をやっていたのは、いくらでもいるんじゃないかね。だから、そういう一見賢《かしこ》いような解釈をしたところで何にもならない。そんなことをいう奴は、おそらく一人旅をやったことがないんじゃないかな。

旅は一人旅であるべきだと、私は思う。しかし現在のところ、私は魚釣り旅行をカメラマンを連れ、証拠写真をつけて雑誌に発表して——という約束のもとにやっているので、一人旅ができないでいる。が、三十代いっぱい、四十代半ばまではひとりで戦争ばっかり追っかけて旅していたんだ。

一人旅、大賛成。もしふたりあるとすれば、自分の影だろう。これを一人二人旅と呼ぶ。同行二人。どうかね？

ママカリ。★★★

あるエッセイの中で「マドリードのアンチョビの酢漬はたまらない。酒の肴《さかな》にはいうことなしだ。岡山名産のママカリを思い出したりする」とありましたが、氏はこのママカリをご存知ですか。また

このママカリの正式な名称は何でしょうか。
P.S.　これを知らないとなると、釣師、またグルメとしてのプライドが傷つきますぞ——。
（岡山県岡山市　難波洋一）


知ってるさ。

ママカリというのは岡山地方の呼び名であるが、東京地方ではサッパと呼んでいる。この小魚がうまいかまずいかは、その海のプランクトンがうまいかまずいかによるんである。アンチョビというのは、シコイワシのことである。フランス語なら、アンショワである。アンチョビもママカリも似たようなものだから、いずれにしてもうまかろう。

しかし、岡山の人にブン殴られることを覚悟の上でいうんだが、地方名産がやたらに高く持ち上げられる時代の勢いに乗って、ママカリが天上的な味のように伝えられるのは大間違いである。ささやかな美味、そして岡山がもしそれを誇ることができるとするならば、岡山の海を誇りなさい。

サッパだって、うまいところにいるサッパなら十分、ママカリに対抗でき、ときにはその上を行くこともあるんだ。誇るのはいいが、傲慢《ごうまん》になってはいかんね。

ところで、どうかね、私に一樽送ってくれないか……。

モームか開高健か。

★★

女房・子供が寝静まった頃、大兄の作品とモームを読みながらビールを飲んでいます。どちらがうまいかと言えば、やっぱり結論が出ないのです。本当は結論なんぞ出ないことかも知れませんが、また四十円（葉書代）で幸福になれるのか、なれないのかを友と激論して、これまた同じでした。できましたら、大兄からのすばらしいニガミのきいたアドバイスをお願いします。

（福岡県柳川市　平川 実　自営業　34歳）

ビールを飲みながら、私の作品とモームを読むそうだが、ビールを飲み、本を読む。本はちょっと置いて、またビールを飲む。この関係はわかるが、私の作品とモームの作品を二冊テーブルの上に並べておいて、どちらを先に読み、どちらを後に読みしておられるのだろうか。このあたりに疑問を感じたね——楽しくはあったが。

しかしダ。ほろ苦みのきいたアドバイスと君はいうけれども、すでにビールを飲みながら二冊の本を同時に読んでいるあたり、苦みは十分にきいているじゃないか。たいしたもんさ。

●サマセット・モーム
イギリスの大作家（1874〜1965）。辛辣《しんらつ》な眼で人生を眺め、人間を見つめ、『人間の絆』『月と六ペンス』『剃刀の刃』などを書く。物語をつくる才能はぬきん出ていて、20世紀イギリス文学の最高峰。

ダイキリ。★★★★

ダイキリというカン詰を売っていたので、飲んでみましたところ……。本当はどんな酒なのでしょうか？

（神奈川県川崎市　世古清一　学生　22歳）

ダイキリの本来かくあるべき姿というのは、こうである——。

よく冷えた細長いグラスを用意し、ラムを何種類か用意し、それを比重の重いものから順に、グラスの内壁を伝わってすこしずつ注いでいく。もっとも比重の重いラムを一番先に注ぎ、それからちょっと軽いの、もうちょっと軽いの、もっともっと軽いのと、すこしずつすこしずつ用心して乗せていく。そうすると、ラムのコハク色が何種類にも分かれてくっきり横から見える。こういう状態になる。万事、静粛にやらなければならない。これをストローで底からチュウと吸いあげるんだ。すると、何種類もの比重の違うラムが、ツルツルッと口の中へ入ってきてさまざまな味が生まれ、ラムのソロによる四重奏、五重奏が味わえるという不思議な味覚になる。これが本当のダイキリの飲み方である。

したがって、カン詰のダイキリなどはありえない。カン詰のダイキリなんていうのは、ラムの裏切りである。そんなものを飲んではいけない。捨ててしまいな。

喜怒哀楽。★★★★

私のまわりの人で、やたら「感動した」という人がいます。「チャップリンには泣かされた」とか「ジョン・レノンはスゴイ」とか。そりゃ感動するのは、個人の勝手ですからいいけれど、今の世の中、そんなに感動すること多いのか？ というのが私の感想です。なにかマスコミがおしきせの文化で、無理やり人を感動させているようで、しっくりしません。それに〝感性〟とか〝存在感〟という言葉でなんとなく納得してしまう人は、ぜんぜん信用できない。そこで「感動」を生産していらっしゃる開高さんは〝人間の喜怒哀楽〟についてどうお考えでしょうか。お答えをよろしくお願いいたします。追伸 チャップリンの涙より、かたくななキートンが好きです。

（東京都世田谷区　翼　小文筆業　26歳）

人の言葉やマスコミの言葉に振り回されて、いらいらしてたんじゃもたないデ、君。こういう時代は、シェイクスピアの言葉を借りるとこうなる――

「なべてこの世は響きと怒り、煩《わずら》わしいことでございますな」

これだよ。

だから、響きと怒りから逃れるために、君はときどき完全に沈黙する習慣を持ったらいい。完全に沈黙すると人づきあいができなくなるから、人づきあいをしなくともいいときに、完全に沈黙するんだ。そして身のまわりから、ラジオ、テレビ、新聞、週刊誌、月刊誌、書物――いっさいがっさい遠ざけて、自分の周囲を空白にしてしまうんだ。無音状態に自分を持ちこむんだ。そういう時間を、ときどき持つ必要がある。そうすれば、言葉の甘い、辛い、丸い、鋭い、いろいろなことが再び蘇《よみがえ》ってくるだろうと思う。つまり、ときどき自分を禁断症状に持っていくわけだ。これも精神修業のひとつさ。

しかし、このコラム欄だけは違うべくあってほしいと思う。この欄についてはシェイクスピア流にいって――「響きと喜び。嬉しいことでございますな」というぐあいにならんかね、君。

辞世のせりふ。

★★
★★

先生。昔、三升家小勝《みますやこかつ》という落語の名人がいて、高座で卒中で倒れ、楽屋で息を引きとったと聞きましたが、いまわの際《きわ》に、

「冥途《めいど》にも　粋《いき》な年増《としま》が　いるかしら」

　と言ったとか。この芸熱心というか、道化精神というか、遊び心というか――に感動するのですが、その種の辞世の言葉で傑作があったら、いくつか教えてください。

（三重県津市　久野稔　公務員　24歳）


　さあてネ……ゲーテがいった「もっと光を……」。ブラームスは最後にぶどう酒を一杯飲んで、飲んだとたんに一言つぶやいて死んだんだが、そのつぶやいた言葉が、「ああ、うまい」。

　SFの元祖みたいなH・G・ウェルズは死の床で友人たちを遠ざけながら、「悪いけど、死ぬのに忙しいんでネ」といったそうだ。十九世紀のフランスの名女優ラシェルは「日曜日に死ねて嬉しいわ。月曜は憂鬱《ゆううつ》ですもの」。

　作曲家のラモー――は終油《しゅうゆ》の秘蹟《ひせき》を受けて、「なんてこった、神父さん、

あんたが来て歌ってくれたのか！　あんたの声は調子っぱずれだよ」といった。ベートーヴェンはまわりの友人に、「諸君、拍手を！　喜劇は終わった！」。もうひとつついでにフランソワ・ラブレーの「幕を引け！　茶番劇は終わったぞ！」。

　しかし、三升家師匠くらいの言葉もめったにないね。プロの死に方だよ。ああでないといけませんな。芸人の鑑《かがみ》です。

　さて、担当のT君に、君は何といって死ぬつもりと訊いたら、「もっと女を！」と叫ぶんだそうである。

ラモー●フランスの作曲家（1683〜1764）。教会オルガニストから作曲に転じ、ヴォードヴィルからオペラまで、幅広く活躍した。ヴォルテールら百科全書派の文人とも親しく、フランス音楽を確立した大家。

結婚式と葬式の主役。★★★

前略

一、結婚式において、カップル・参列者、どちらが主役でしょうか。

一、葬式において、主役は存在するのでしょうか、それとも不在でしょうか。お答えください。

(東京都練馬区　青春二十年生)

一、答え。どちらも主役である。

一、答え。葬式は、後に残された者のためにあるものである。したがって、主役は誰であるか、すでにおわかりであろう。

外来魚是非。★★★★

初めてお便りします。

以前、琵琶湖やその他の野池で、ブラックバスがフィッシュ・イーターということで生け捕りにされ、抹殺されるという事件が起こりましたが、釣りの巨匠は外来魚の日本侵攻をどうお考えですか。

(大阪府東大阪市　フィッシュマン18歳)

外来魚が入ってくると、一時期、その魚がどんどん増えていって、在来の魚が滅びるんじゃないかと思われることがある。しかし、ある時点から今度は後退が始まり、そして外来魚も在来魚も何とか平和共存していけるようなぐあいに、自然というものは調節される。よほど特異な条件がないかぎり、だいたいこういう原則がある。

アメリカでの研究によれば、ブラックバスが増えすぎると、ブラックバス自体が抑制物質というのを分泌して、産卵を自動的にとめる。それから、ブラックバスが少なくなってくると、これが解除されて産卵が始まる。こういう自動調節機能があるということがわかってきているんだね。

したがって、日本でブラックバスはどんどん伸びていくかもしれないけど、やがてはとまり、そして後退が始まり、しかし絶滅することはなく、フナやなんかと共存していけるようになるであろう。

一例をとるなら、ライギョを考えてみればいい。ライギョも大陸から入ってきた肉食魚だけれども、一時期、はびこりにはびこったものの、現在では日本の魚と共存して暮らしているんだ。

恐れることはない。ブラックバスを恐れるのは「黒船来たる」といって、騒いだようなもんだ。大人げない振舞いである。苦々しいこっちゃ。

アメリカ。★★★★

拝啓、開高健先生。お初にお目にかかります。ひとつよろしくお願い致します。さて、質問ですが、小生何かで先生が、「もしあと十年早くアメリカにきていたら……」とある文章をかつて目にしたことがあります。その意図は何か？　自分もアメリカ（人）の気質、風土、そして何よりも「TAKE　IT　EASY」の思想とあの明るさに憧れ、近い将来ぜひ行きたい、or住みつきたいと願っている若者の一人として、その含意をぜひお聞きしたくてペンを執《と》った次第でございます。乱文乱筆多謝。

（愛知県海部郡　サトウヤスシ）

ニューヨークへ初めて行ったとき、二十代のときに来てみたかったと書いた覚えがある。その後もニューヨークへ行ってみて、同じ感想が残った。

私の知っているアメリカの大都市といえばニューヨークだけで、あとは南北を問わず湖、川、森、砂漠、こういうところばかりである。今後はどうなるかわからないけれども、しかし、そこで得た印象からすると、二十代の、まだ心が白紙の状態に近いときにこの国へ来ていたら、すべてが私の心に、私の感ずるままに染《し》みついたのではないか――そう思ったんだ。感じたんだ。

君はアメリカへ行きたいらしいが、「若きの日に旅をせずば、老いての日に何をか語る」というゲーテの言葉がある。なるべくたくさん歩き回り、南北を問わず歩き回り、東西を問わず歩き回り、人びとと交わりあい、よい点も悪い点も、表も裏も見てきたまえ。

よい旅を祈る。Take it easy!

爪切り。★★★

開高御大。

御大は気分転換を図りたいとき、どんなことをしますか？　ちなみに小生は爪を切ります（やたら爪を切るので、おかげで小生、深爪ばっかりです）。

（千葉県館山市　鈴木孝志　会社員）

思うに、君は色事師のようであるナ。金曜か土曜の朝に爪をつんでる男を見たら、ハハン、今夜は――と、勘ぐりたくなるもんだ。色事師の爪は短いが、釣り師の爪は長い。これは小生の説である。爪先で、趣味や、気質や、職業がかなりわかるもんなんだ。観察力だよ、キミ。シャーロック・ホームズがおなじことを言ってるけどネ。

ところで私は、夜中に文章が行き詰まったり、思考に行き詰まったりすると、砥石《といし》で釣鈎《つりばり》の先を磨くという癖がある。それから、パンツを脱いで洗うという癖もある。それから、靴下をシコシコ洗うという癖もある。昔はホテル暮らしをし、いまは離れで一人で暮らしているけれども、夜中のこの趣味はやめられないでいる……。

だから私の文章は改行の部分に気をつけてお読みになると、ハハンと察しのつくことがあるかもしれないよ。

感度過敏？

★★
★★

僕は二十一歳、地元茨城の大学で学ぶ者です。兄弟は三人とも男、高校も男子ばかりで、これまで女ッ気のない寂しい生活を送ってきました。ところが先日、偕楽園を散歩していて、かわゆい女子学生と知り合いました。彼女ははたち、東京の女子大生。週末の小旅行で水戸に遊びに来たんだそうです。

先生、東京の女子大生って、噂どおりに開けてますね。すぐその場で仲よくなりました。近くのべンチに座り、彼女の肩に手を回し、髪の毛に触れたところ、彼女は僕が驚くほど興奮し、体をのけぞらせるのです。僕は周囲の目が気になって、あわてて近所のホテルに入り、コトはなしとげたのですが、その間、彼女は興奮しつづけでした。

　彼女は翌日、大学があるのでその日に帰らなければならず、水戸の駅まで送りました。が、別れるとき彼女は興奮して泣きだし、僕は半分うれしく、半分困惑させられました。その後、彼女とは毎日のように電話で話してますし、週末は東京か水戸でデートをしています。

僕は彼女が好きですし、失いたくありませんが、ちょっと普通じゃないような気もします。どう判断したらよいのでしょうか。

（茨城県勝田市　豊田某　大学生21歳）

髪の毛に触れただけでのけぞるというのは、芸術家にも似た感じやすさを持っている女の子であり、その子はきっと濡れやすくジュースたっぷりでベッド・メイトとしては最高なんじゃないか。君の幸福を祝福したい。

しかし、女というものは、これまでのタブー時代のように、それからちょっと前からのオープン時代にし

ばしば見られるように、いっさいの外的タブーを排して眺めると、全身がこれ性器なんだ。あそこだけが性器なんじゃない。全身が性器なんだと考えてもよいぐらいの被造物なんだ。だから本番をするかしないかは問題じゃない。われらはセックスにおいて、高く、深く、広く、激しく、長く、遠くという肉なるものを超えたところへトリップするのが志であり、本願であり、目的なんだ。

肉は精妙で、しなやかな道具であるが、踏み台と考えてよい。きっかけであり、トバ口《ぐち》であり、不可欠なものである。しかし、それにだけ留《とど》まっていては、セックスとはいえない。トリップすることだ。超克《ちょうこく》である。飛躍である。飛翔である。だから、それが髪の毛であろうが、お尻であろうが、オメコであろうが、それでトリップできるならこれに越したことはない。まことに羨《うらや》ましいよ。

だが、君が鋭くおぼろに感知しているように、この種の女性は、えてしてヒステリー性が非常に高いということがある。しばしばある。ベッド・インしたときはそれで結構だけれども、日常生活において、風が吹いただけで、鉛筆が転げただけで、箸《はし》が転げただけで、落ちただけでヒステリーを起こしてのけぞることがある。体が弓なりになる。これを興奮という。だから、感じやすい女はまことに好ましいベッドの相手ではあるが、キッチンの友だち、あるいは茶の間の友だちとしては、よくよく気をつけてかからなければならないぞよ。

　もっとも、ヒステリー女がすべてベッドで飛翔できるかというと、これまたまったく違う。そういう女がいるのかも知れないけれども、そこへ行き着く前に女のヒステリーに悩まされて、トルストイのように家出したくなるだろうと思う。そして、雪の田舎駅で凍《こご》え死にするんだ。まあ、この点については古来、無数の研究があり、経験があり、慰めもあるんだけれども、これはやっぱり君自身が今後、山、川、谷、峰、自分で経験してわかっていくしかない。

　いつかギリシャ神話を引用して、似たような質問に答えたことがあるけれども、ギリシャ神話の主神ゼウスに向かって妻のヘラがあるとき、

「女の喜びは男の八倍でございます」

　といったことがある。その言葉を引用したんだが、当時において女は妊娠、出産、育児と超重労働を強いられていたので、それに対するカウンター・バランスとして、男の八倍の喜びを神は与えたもうたわけだね。自然のいたずらとしてはまことに精妙な計《はか》らいであるということになっていたが、現代の男女はそういう苦労ぬきで快楽だけが盗めるようにな

ったのだから、これはやっぱり女の時代というべきだろう。女は男よりも現代を八倍よけいに深く、遠く、長く、高く、つづけざまに何度となく味わっているわけだ。つくづく羨ましいデ。まったく羨ましい。ベッドの中だけでいいから、私は一度、女になってみたい。何度そう考えたか知れないよ。

ま、御身《おんみ》たいせつに……。

谷崎潤一郎。

★★★

先生、お元気ですか。ぼくの質問に答えてください。先生は谷崎潤一郎先生をどうひょうかしていますか。ぼくは日本文学でも最高峰だと思いますが。特に『痴人の愛』や『春琴抄』などすばらしいと思うんですが。『春琴抄』は、ひょっとするとサドマゾではないでしょうか。

つたない文字ですいません。答えてください。

（栃木県宇都宮市　川上　一）

賛成である。

谷崎潤一郎は、生前は志賀直哉ほどに評価されなかったけれども、昭和期の日本文学の最高峰のひとつである。『春琴抄』がサドマゾ文学であるかないかというようなことは、どうでもよろしい。そこから受ける感動というものを定義してはいけない。言葉にすると、洩《も》れていくものが多くなる。そういうのが名作の読み心地だ。言葉におしはめてしまってはいけない。読んで、感動する。それでいいんだ。

貝の連想。★★★★

自分で言うのもおかしいのですが、僕は想像力が豊かで、連想飛躍が人よりは発達していると思います。

それはそれでいいのですが、困るのは貝類が食卓に出てくると、どんな料理であれ、きっと何かを連想せずにはいられず、そうすると今度はそれがくっきり頭の中にイメージされてしまうので、どんな味がするんだろうか、どういうポーズで食べたらいいだろうかというようなことを考えてるばっかりに箸《はし》が遅れて、気がつくとみんなに食べられてしまった後、という始末です。

この間は、六本木のビストロでムール貝を食べましたが、このときも呆然としている間に、「冷《さ》めちゃうわよ」とガールフレンドに食べられてしまいました。「そいつは共食いだ！」と僕は思わず叫びましたが、彼女は何のことかわからないような顔をしていました。

僕のこの連想癖は、果たして異常でしょうか。先生、検診してください。

（東京都港区　依田道明　大学生22歳）

だから君は、目と舌と心で食べつ

つ、頭でも食べてるわけだ。そのスパイスになるのは、君の経験だ。そのビストロのムール貝が熱いのか冷たいのか、ジュースがたっぷりあったか、しゃがれ気味であったのかは知らないけれども、君が何を連想していたかはよくわかる。

あの貝は、もともと日本にはなかったものだが、明治以後、外国船が瀬戸内海をしょっちゅう行き来するようになり、その船の腹にしがみついていたやつが落ちて、瀬戸内海あたりからはびこりだしたとされている。正しくはムラサキガイという。中国人はこれを、やっぱり同じような連想に駆りたてられて〝東海夫人〟と呼んだ。なかなかうまい言い方であるな。

あの貝は、貝そのものはさほどうまいものではないけれども、日本のあさり汁やしじみ汁と同じで、ごく淡泊なスープ、もしくは白ワインと湯で煮て、そこへガーリック、バター、スパイスを放りこみ、食べるといい。あれは2枚貝だから、最初の貝は指でほじくり出し、肉をすって食べる。その空《から》になった貝殻で、次のムールの肉をはさみとる。そうやって食べるのがフランスのエチケットであり、流儀だと昔パリで教えられた。これはちょっと洒落《しゃれ》た食べ方だよ。貝で貝をはさむんだ。早くいえば、レズだな。ムールのレズビアン風食べ方というもんだ。

Mariachi
GILBEY'S
GIN

なお、一部有識者の間で爆笑、哄《こう》笑《しょう》をもって迎えられている一族がある。四国の徳島からちょっと行ったムヤ——撫養と書く——というところでは、やっぱりムラサキガイが獲れるんだが、どういうものかその肉の割れ目ちゃんのちょうど真上に、しょぼしょぼと海草が生えているんだ。一コずつ必ず生えている。小さな貝には小さな海草、大きいやつには大きい海草、ちゃんとサイズに合わせて生えている。それを見ると、ホントに吹き出さずにはいられないデ、君。これを人呼んで、ニタリ貝（似たり貝）という。そっくりだというわけだ。一説によると、清少納言が海に飛びこんで化けて出たのがこの貝だといい、また一説によると、建礼門院が海に飛びこんであそこだけが純粋結晶になったものだともいう。地元ではこれをアクリルに封じこめて、スーベニールとして売っているけれども、あるとき、これを二、三個買ってきてフランス人の友人に渡し、

「これはナチュラルやデ」

といったんだが、いくら説明しても人工物だと思いこんでいるようだった。しかし、笑い転げるようにして、大事に持っていったその後姿を、よく覚えている。

撫養地方では、これを旬《しゅん》の季節に味噌で、白ぬたにして和《あ》えて出してくれたりする。もちろん、海草はと

ってしまってあるんだが、これをぬたで和えたところは、もう、まったくそのものズバリという相貌であるな。

自然のいたずらというのはしょっちゅう見かけることだけれども、ここまで精妙なのはあんまり類を知らない。わが国もなかなか手のこんだ自然を持っているもんだと思うよ。

それで思い出したが、遥かなる南米大陸のジャングルに、アマゾン、その河口あたりのジャングルに、マラチンガという木が生えている。これは日本人の移民がつけた名前で、土地の人はミラチンガと呼んでいる。この木は、枝をポキンと折ると、根元が必ず亀頭そっくりの恰好をしているんだ。ど

んな風に折っても、太いのは太い、細いのは細いなりに、ナニそっくりに折れてくる。この木には他に何の才能もなく、美しい花を咲かせるわけでもない。甘い蜜がとれるでもない。おいしい実がなるでもない。ただ枝のつけ根の折れ方がマラそっくりという芸だけなんだ。これを、ときどき、土産物屋で売ったりしている。ブラジルのマラチンガ――日本のニタリ貝によく似合うかも知れないよ、これは。

　そのニタリ貝、撫養のあたりでは酒を飲むと必ず俳句をひねる癖があり、そこでできた名作を一句――

「春の海　ひねもすにたり　にたりかな」

オレもいいかげん、馬鹿になってきたようだ。もう、オリる。ヤメた。

愚妻。★★★★

先生、愚妻とはなんですか。ソクラテスの妻が悪妻であったとか、いったい人生において妻なる存在が果たすべき役割はなんなのでしょうか。

（東京都板橋区　M・K　学生　23歳）

幸せとは何か――については、アリストテレス以来、無数の本が書かれ、きょうもまた飽きもせず何十冊、何百冊の本が出され、来月も出され、しかもいつまでも出されつづけていく。であるならば、不幸せについても同様であるはずだ（幸福論とは、すなわち不幸論でもあるからネ）。

結婚についても、おそらく同様であろう。愚妻とは何ですかという君の質問には、結婚してそれが愚妻であることを発見するその日まで、君に何をいっても本当にはわからないだろうと思う。だから、いっぺん愚妻と結婚してみたまえな。たいへん羨《うらや》ましいことに、現代では簡単に離婚できる気風があるんだから、まず愚妻と結婚し、その次に良妻と結婚し、いくらでも試行錯誤は君たち若者には許されているんだから、本当に老いた世代としては嫉妬まじりで君たちを眺めたくなるよ。いい時代に君たちは生まれました。

しかし、小説家、画家、音楽家、カメラマン、編集者――こういう頭と感性で生きている人たちにとっては、愚妻はしばしば傑作の原因になることが多い。いい作品を残している男がいたら、ひょっとしたらその家庭のありさまを勘ぐってみるのも、暇つぶしには賢い方法であるな。

　なぜこうなるか――アンドレ・ジイドがいったとおり、芸術は抑圧において芽を出し、拘束において花開くのだから、である。

ガン考。★★★★

もともと人間が自らを守るためにつくられた武器が、やがて大いなる（愚かな）飛躍をとげて、今では核兵器まで生まれてしまいました。先生の武器論をお聞かせください。

（神奈川県三浦郡　中川一則　学生20歳）

　核兵器については発作的に盛大な解説が行なわれて、みないくらかの知識を持つに至っているけれども、通常兵器といわれる個人携帯武器の発達については、あまり知られていないように思う。もちろん、武器の始まりは石と棍棒であったが、われわれの時代では、一応、鉄砲がその主流であるし、一部ガンマニアしか知識もないので、発行部数の多いこういう雑誌に、この際、私のわずかな知識を語っておきたい。

近ごろ、戦争が起こるたびにM16とかAK47という字を見るが、M16はアメリカ製の自動小銃である。AK47はソビエト製の自動小銃である（カラシニコフ突撃銃と呼ばれることもある）。第二次大戦中から、機関銃よりは軽くてライフルよりは弾丸数の多い自動小銃が登場し、以後、盛大に流行をきわめている。そして歩兵戦の、あるいはゲリラ戦の花形になっている。

これらの銃は、だいたい銃身のどこかに装置がついていて、たいてい三つのマークが打たれている。一つはシングル・アクション。二つ目はセミ・オートマチック。三つ目はフル・オートマチック。この三つである（二つの場合もあるが）。

シングル・アクションというのは、ふつうの銃と同じ、引き金を一回引けば一発飛び出す仕掛けで、引き金から指を離すと弾丸は飛び出さない。

セミ・オートマチックというのは、引き金を引いているあいだ弾丸が飛び出しつづける。しかし、引き金を離すともう飛び出さない。これがセミ・オートマチックで、狙い撃ちなどができる。

三つ目のフル・オートマチックは、引き金を引いたら最後、弾が連続的に飛び出していく。カートリッジの全弾が噴水のように飛び出す。このフル・オートマチックというやつは、いったん引き金を引いたら最後、その間、ことごとく飛び出しつづけてしまう。これがフル・オートっちゅうもんだ。

さて、この武器の設計思想は、次のようである。つまり、一発ずつ弾をこめては引き金を引き、こめては引き金を引きしていた時代のことを考えると、野戦において敵が草むらや木の蔭にいる。ひょいと頭を出す。それを目がけて、一発撃つ。外《はず》れる。そうすると、敵は逃げる。それで慌《あわ》てて弾をこめ、もう一発ねらって撃っても、もう敵の姿が見えない。逃げてしまったのならいいが、向こうが撃ち返してきてこちらがやられることもままあるわけだ。

そこで考えたのが、一発撃つ。敵がひょいと逃げてわずかに移動する。そこをつづけて引き金を引きさえすれば次の弾が飛び出して、相手をしとめてくれるという仕掛けだった。正確にねらい打ちしなくても当たるということでもあった。軽い銃はねらいが狂いやすいという鉄則があるけれども、狂いやすいがためにつづけて撃ちさえすれば、今度はかえって正確に相手に命中するという結果が起こる。おわかりかな。要するに、自動小銃というのは、弾丸を惜しむな。相手を殺せ。それが結局安上りだ——という思想なんだ。

はっきり申しあげておくが、社会

主義国の銃も、自由主義国の銃も、この設計思想だけはかわらない。それは、社会主義国の核兵器で灰になろうが、自由主義国の核兵器で灰になろうが同じであるというのと、同じことである。

なお、ベトナム戦争中での見聞によれば、AK47はずんぐりしていてデザインは悪く、見たところはぶかっこうなんだけれども、たいへんに命中率がよく、実用向けにはみごとな銃である――と、アメリカ兵の称讃を得ていた。M16はたいそうスマートにできた銃ではあるが、軽いし狂いやすいとあまり評判がよくなかった。アメリカ兵の中には、ベトコンの捨てていったAK47を拾い集めているのがいた。それは、スーベニールとして持って帰るためもあったろうが、むしろそれより自分で使いたいからである。

もう一度、くり返す。弾丸を惜しむな。とにかく殺せ。それが安上りなんだ――こういう思想だ。したがって、これを極端に拡大したのが核兵器なんであって、見境なしにすべてをぶっ壊す――つまるところ、自動小銃を極大にまでふくらませたのが核兵器なのである。一挺の自動小銃も、核兵器も、そういう点ではかわらない。武器は武器なんだという宿命からは逃げられない。この設計思想をよくよく胸にたたんで、お考えありたし。

（**編集部から**）しかし、本誌副編集長が頑固に主張するところによれば、開高先生のいう〝シングル・アクション〟は〝セミ・オートマチック〟と呼び、開高先生の〝セミ・オートマチック〟は〝フル・オートマチック〟と呼ぶのが正しく、開高先生のいう〝フル・オートマチック〟などというメカはあり得ないとのこと。両者ともに自説を譲らないので、近日中にそろって沖縄の米軍基地に出頭して講義を受けた上、M16の実射を試みるとのことです。

超心理学的存在。★★★

前略。

先生の作品を読ませていただいておりますが、現代の科学の及ばぬ超心理学的存在との遭遇については、ほとんどお書きになられていないように拝見いたします。英知に深く、見聞の広い先生は、そのような体験をお持ちではないのですか？

（埼玉県越谷市　村田雅延　公務員　25歳）

ある。始終、ある。別に珍しくない。

超心理学などというから、君はそれにこだわって何かよほど時間、空間的に隔《へだた》ったもののことを考えてしまうのだろうが、身近な問題で勘というやつがあるじゃないか。このあたりも、ひとつの出発点だよ。勘が当たる。勘が当たらない。それが見事に的中したときなど（ときどきあることである）、君のいう問題が始まっているんだ。私は、念力の存在を認める立場にある。

この超心理学的存在でもっともおそろしいのは、女の直感というやつである。英語でウーマンズ・インチュイションというが、これは全世界の男がおそれすくんでいて、石器時代からいまだに解明しようのない、強烈な女の武器である。

太陽の黒点がどうなったとか、宇宙はいつ破滅するかとか、銀河系の膨張とか縮小とか、そういうスケールのことでなくともいい。君のガール・フレンドの直感におびえなさい。そこから学問の道が始まるんですぞ。

玉にぎり。★★

僕は緊張しすぎると、睾丸《こうがん》を握る癖があります。ひと握りすると、精神的な落ち着きができるのです。意識的にやめる努力をしてみるんですが、イライラしてきて結局、

元の木阿彌《もくあみ》。なんとか自己慰安的な親密性状態から抜け出したいのですが、良い解決法はないでしょうか。

（栃木県今市市　今市太郎　学生　18歳）

近ごろの若者は漢字を知らない、文章もろくに書けない――大人にそうののしられ、じじつそういわれても仕方ないようなひどい人も多いのに、君は十八歳で睾丸という字を間違わずに書いている。元の木阿彌という字も間違わずに書いている。なかなかのものではないか。

自分の睾丸をにぎって緊張を排除するのは、大いに結構である。なくて七癖といって、どんな人でもたいてい七つは癖があるんだから、そのうちのひとつは、君の場合、睾丸をにぎるというわけだが、他人の邪魔になるじゃなし、迷惑であるじゃなし、気にするようなものじゃないデ、君。

しかし、緊張するたびにタマをにぎるんだったら、そのたんびにいちいちベルトをはずしてズボンを下ろしているわけにもいくまいし、インキンを掻《か》いてると誤解されるのもいやだろうから、ズボンのポケットの底を――右なり左なり抜いておいて、そっと隠れて、正面向いたままでにぎれるようにしておけばいいんじゃないだろうかね。

ともかく、気にすることはないよ——そんな癖は。にぎりつづけたまえ。ただしそのあと必ずお手テを洗うこともお忘れなく。

シェスタ。★★★

おたずねいたします。日本にはシェスタがなく、スペインにはあります。日本は、経済的にはスペインより発達しましたが、ピカソも、ダリも、ゴヤも、ガウディもいません。ボクが思うところ、これはシェスタの有無のせいではないでしょうか。先生、シェスタのよさと効能を教えてください。日本にもぜひシェスタの習慣を導入するといいと思います。

（東京都町田市　江波戸　進　学生　23歳）

賛成であり、大賛成である。しかし、ちょっとばかり考えなければならない点もないではないナ。

シェスタとは昼寝ということだけれども、ヨーロッパにおいては、だいたい地中海南岸のあたりから出てきた習慣ではないかといわれている。昼寝をするのはスペインばかりではない。イタリアでも南ではやっている。ギリシャでもやる。これらの地域では特に夏、正午ごろからたまらない暑さになる。そこでみんな家に帰って、寝るわけだ。何時間寝るかは自由だけれども、だいたい三時間くらいか。

そういうことだから、当然、昼寝した分だけ夜へくりこされて、夜更《よふ》かしの習慣も長い。マドリードなどでは夜の十時、十一時になってやっと晩飯を食いにかかるというふうになったりする。

さて、このシェスタという習慣は、中近東、東南アジア、アフリカ、南米――これら広大な地域においても行なわれている。私は東南アジアが長かったし、アフリカにも行ったし、南米にも行ったから、それぞれその地では昼寝に耽《ふけ》ったものだ。起きていても、あたりは猫も歩いていない状態なんだから、寝るしかないんであるが、それがまた、まことに爽快でいうことなしだったナ。それで日本へ帰ってからも、小説家は時間だけは自由であるから、阿片《アヘン》もコカインも全部体からぬいた後でも、このシェスタの習慣が体からぬけなくて、いまでも毎日、昼寝に耽っている。

ところが、いくら昼寝してみても、私はいっこうにピカソになれず、ダリにもなれず、ゴヤにもなれず、ガウディにもなれない。これはいったい、どういうわけだろう。おそらく昼寝の時間をけずって、こういう人生相談欄をやっているためであろうかとも思う。これは日本文化のために損になることだから、編集長と相談して、なるべく早く休講することにする。君に会えないのは残念だけれども、日本の民度向上のためだからヤムをえまい。

なお、昼寝についてつけ加えると、もう一つ面倒なこともある。これはネールがまだ生きていたころに国連の人口問題の分科委員会で講演をし、インドは暑い国なので昼寝をする習慣があるため、どうしても人口がふえるのだ——と、切々とした声で、短くユーモラスに訴えたことがある。ネールは真剣に訴えたんだけれども、昼寝をしない北半球諸国の委員たちは、声を揃えて笑い崩れたんだが、同じ習慣をもつ暑い国の委員たちは、頭を抱えてうなだれてしまった。こういう顕著な二極分解が、世界にはあるわけだよ、君。おわかりだナ。

私は笑っていいのやら、泣いていいのやら、よくわからなかった。シェスタは大賛成だが、こういう点についても君は考えてみなければいけない。私はもうその人口増加手段からは下りてるから、私だけは昼寝をしてもいいんじゃないかと思う。そろそろ、その時刻が近づいてきたようだ……。

★★
★★

外国の焼酎。

先生。

近ごろ、あっちを向いても焼酎、

こっちを向いても焼酎で、街中チュウチュウ鳴いているようです。ぼくもそのチュウチュウ組の一人なんですが、日本の焼酎はそろそろ飲み飽きかけて、外国物に移行しようかと思っております。外国産焼酎で、日本でも入手できるものを教えてください。

（山梨県甲府市　今井みつる　公務員　26歳）

業者の間では、色のついていない蒸溜酒のことを、シロモノと呼ぶ。君のいうように、近ごろはシロモノの全盛で、全日本がチュウチュウ鳴いているが、これは値段が安く、飲みやすく、二日酔いにならない点を買われてこの不景気時代に飲まれているのであろう。が、私にいわせてもらえば、現在横行しているシロモノは、単なるシロモノであるナ。ホントの焼酎――まっとうに造ってこれをカメに入れ、三年から六年ほど寝かせてみなさい、トンでもない見事な酒に化けるんだ。ただ、残念ながら、それだけの時間がない。売れるからっていうんで、片ッ端から蒸溜器からポタンポタン、あるいはドウドウと落ちてくるのをそのまま売っているんで、早くいえば原料の違うそれぞれのアルコールの水増しに過ぎない。私にいわせれば、そうだ。

いっぺん焼酎の三年もの、五年ものを飲んでみろ。君は目を回すだろう。これがチュウか——アッといったきり、その後はチュウチュウチュウと鳴くこともできず、チュウチュウと無限にすすりたくなるであろう。それぐらいノーブルな酒なんだ、焼酎というものは本来。それを、安酒だという観念にしちまってるのは、まことにお粗末が特徴であるこの時代の特徴だと思わせられる。が、君の問いには若干、答えてみよう——同時に、飲んでもみたい。久しぶりだからナ。

まず、ドイツ産のシンケンヘーガー、およびシュタインヘーガー。これはジャガイモやら大麦——原料は何でもいいが、アルコールを採ってウイキョウの匂いをからませたものである。

いつかこの欄で紹介したことがあるが、ドイツ独特の飲み方があって、生ビールを一口あおった後、これを一口すする。ビールでガボガボ、そのあとこいつでキュッ。胃袋をゆるめたり、締めたり、ゆるめたり、締めたり、温めたり、冷やしたりして飲むんだ。この方式をドイツ語でヴァルム、カルト——熱い、冷たい、もしくはルット、ウント、ルット——少しずつというんだが、この飲み方でやるとビールの味が害《そこな》われないで、酔いが早く回り、しかも翌日こたえない。健康によいとされて、ドイツではよく見られるスタイルだ。

次にウォッカ。この酒は今、世界

中のあらゆる会社がつくるようになった。もともとは大麦、もしくは裸麦を蒸溜して、シラカバの木炭でフィルターをし、磨きあげ、それを何時間、何回、活性炭を通過させるかで、そのウォッカのグレードが決まるとされている。

ウォッカの本場ロシアには、ストリチナーヤという有名なやつがあるが、ほかにちょっと気をつけて酒棚を探すと、オールド・ウォッカと書いたのが見つかるはずである。これはアルメニアのコニャックとウォッカの極上品をブレンドしたもので、コニャックのくせにたいへん剛健な、スッキリとした白い柱が立っているという印象だ。例えていえば、大理石の柱にブドウのつるがからみついている感じで、なかなかによきである。これも冷やして飲みなさい。

ところで、何でも自分の国のものなら自慢せずにいられない幼稚なロシア人でも、こればかりは頭を下げたくなるウォッカがある。ポーランドのウォッカだ。ヴォトカ・ヴィヴォロヴァといい、非常によくできている。ポーランドは悲しい国なので、私はソビエト製のストリチナーヤよりも、このポーランド産のほうをヒイキにして飲みたい心境にある。

なお、そのほかにポーランドでは、ウォッカの中にバイソン（野牛）が食べていた草――バイソン・グラスを浸してつくったズブロブカという酒もあって、これもよく冷やして飲むとよろしい。ほんのりと草の香りがして、大草原に風が吹き、そこで酒を飲んでいるような印象を受け、心の視野が広々と開けてくる。これは、まことに上品な酒である。しかも安い。飲むなら、これを勧める。そして、ヴォトカ・ヴィヴォロヴァだ。

それから北欧へ行くと、アクヴァヴィットというのがある。これもシンケンヘーガーやシュタインヘーガーと同じシュナップス（火の酒）の一種で、これは北欧ではビンのまわりに氷を毛布のように巻きつかせて取りだし、氷の筒の中から酒を注ぐという調子で注いでくれる。完全に冷えきっている。これも、はなはだよろしい。

ついでにいえば、アクヴァヴィットとは命の水という意味だ。ブランデーはフランス語でオー・ド・ヴィと呼ばれているけれども、これも命の水という意味だ。ウィスキーというのは、ウスケボーベアタというゲール語の変形した言葉で、これも元は命の水という意味なんだ。すべて命の水なのさ。

そのほかトルコ、ギリシャといったバルカン諸国一帯には、アラックという代物《しろもの》がある。これもアルコールにウイキョウの香りをつけたもの。水で割って飲むもよし、ストレートで飲むもよし。ギリシャのウーゾ、

およびトルコのアラックである。

さて、アメリカへ亡命したロシア人がつくっているウォッカは、非常に優秀である。例えば、スミルノフというのがある。これには赤レベルと青レベルとがあり、青レベルは五十度で私の愛飲するところである。ここで思いだしたが、北欧フィンランドにはフィンランディアという、すばらしいウォッカがあって、これにも五十度のがある。これもキリキリに冷やして飲むとよろしい。フィンランディアはホント、よくできている。ビンのデザインもいい。

それから、この間カナダで味わったんだけれども、〝見えないウォッカ〟というのがあった。インヴィジブル・ウォッカというんだが、ソッケないビンに、小さな黒レッテルが貼ってあって、そこにインヴィジブル・ウォッカと英語で書いてあり、そのすぐ横にフランス語でヴォトカ・アンヴィジブルと記してあった。たいへん気のきいた命名で、私は感心させられたものだが、なぜかといえば、ウォッカは透明で目に見えない。その上、あらゆるもの——ハマグリの汁でもいい、トマト・ジュースでもよい、オレンジ・ジュースでもまたよしで、何に混ぜても身を隠して役目を果たしてくれる酒だから、〝見えないウォッカ〟というのは、まさにその通りなんだ。あの酒が日本に入っているかどうかはわからないけれども、もし入っていたら試してみたまえ。見えないウォッカがよく目に見えるようになっているなら、君は相当なシロモノ専門家といえることになる……。

米大陸をちょっと下るとメキシコ——ここではテキーラだ。こいつはリュウゼツランの根を醱酵《はっこう》させて蒸溜したものだが、これにも長年寝かしたものがあり、グァダラハラのが名産とされている。色が琥珀《こはく》色なのでシロモノとはいいにくいが、もともとはシロモノである。テキーラの飲み方としては、サボテンにつく毛虫のオシッコが乾いて塩になったその塩にレモンの汁をかけ、手の甲にのせてペロリとなめ、それから一杯ひっかける——というのが、神聖な方法なんだが、近ごろ、どういうものかサボテン毛虫が減ってきたので、ケミカルの合成品が多いようだ。注意されたし。

それから、カリブ海へ移るとラムがある。ラムの中のホワイト・ラム——これなどはシロモノの雄たるものであろう。これは糖蜜から採ったものだ。むろん長年置いたものがない。有名なブランドとしては、ロンリコというのがある。ロンというのはスペイン語でラムということである。リコというのは、うまいということである。つまり、ロンリコは〝うまいラム〟ということや。ついでに——フリオ・イグレシアスの歌に『ラムとコカコーラ』――ロンニコカコーラというのがあることを思いだしてもええデ。

　もうひと飛びして南米へ渡ると、ピスコおよびピンガと称するものがある。ピンガはサトウキビからつくった焼酎であり、ピスコというのはペルーの特産で、これはイタリアのグラッパ、フランスのオー・ド・ヴィ・ド・マールに匹敵するもんじゃないかと思う。ブドウをしぼってブドウ酒をつくった後、その残りかすに水を入れ、イーストを入れて再醗酵させて、それから蒸溜したものである。これをピスコ・サワーといって、卵の白身とレモンを混ぜてサワーにして飲むと、夕方ごろに飲むものとしては、たいへんによろしい。ただし、卵の白身を入れるものでもあり、くどくなって何杯もは飲めない。しかし、一杯は蒸暑い夕方にとてもうまいものである。

　最後に、アジアへ戻って中国。茅《マオ》台酒《タイチュウ》、汾酒《フェンチュウ》、白干儿《パイカンル》、五粮液酒《ウーリャンイエチュウ》というのがある。どこでも手に入るから、まず飲んでみることだネ。

　で、君に諺《ことわざ》を一つ――「杯のふちに口をつけたら、底まで飲め」、それが男の子というものだ。ト。ト。ト。ト。ウワッ……。

（**編集部から**）以上を答えた後、先生は片ッ端からシロモノを試してみたところ、こんなことになってしまいました。

森の魅力。

★★
★★

世界中には、日本の森のように杉や松だけの植林され作られた森ではなく、ジャングルやツンドラ地帯などいろいろな森がありますが、氏が体験した中で、森はどういった魅力がありましたか。

また、氏が好きな森はどういった森でしたか。

（山形県飽海郡　ポンタ）

北方降雨林と、南方降雨林というのがある。北方降雨林というのは、北半球の北米やら、カナダやら、シベリアやらに見られる森で、針葉樹の森であることが多い。南方降雨林というのは、無数の木が密生するアマゾンのジャングルや、ベトナムのジャングルや、アフリカのジャングル——こういうのをいう。熱帯性降雨林と呼んでもいいが、いずれにしても雨がよく降るので、森が育つんだ。

それで私の体験でいくと、熱帯や亜熱帯の降雨林には下草があり、湿気がこもり、サウナ風呂に入ったようで、特に夕方になると原始的な恐怖を覚える。怪物的な生命力がギシギシと音をたてて、犇《ひしめ》かんばかりになっているように感じることがある。

しかし、これが北方へ行くと、同じようにどこまでも果てしない森ではあるんだけれども、今度は森閑《しんかん》と静まりかえっており、知性が研《と》ぎすまされる。しかし同時に、しばしばその知性を突破して、自殺したくなるくらい静かである。自分の心や頭の中にひらめく思考の花火の音までが聞こえそうな森がある。私は半ば愛し、半ばおそれている。

だが、森というものは、宗教信者の宗教が何であれ、信者であろうと非信者であろうと、すべての人類が詣《もう》でなければならない大宮殿であり、大伽藍《だいがらん》であると私は思っている。それは寺院なんだ――心の寺院なんだよ、君。

輪廻転生《りんねてんしょう》。★★

先生は、輪廻を信じますか。僕は、亡くなったひいおじいさんそっくりの顔をしているみたいなのです。僕は、ひいおじいさんのことは何ひとつわからないのに、うりふたつの顔をしているのです。時間を超えて、血が、同じ姿の人間をこの世につかわしたわけです。ときどき僕は、年代や世相という小道具はかわっても、亡くなったひいおじいさんと同じ考えで同じ行動をしているのではないかと思えることがあるのです。そして、僕が先生を他人と思えず読者とし

て恋こがれるのは、前世で愛した女と何か関係があるのではないかとさえ思えるのです。いかがですか？

（東京都練馬区　佐藤輝雄）

君がひいじいさんの生まれ変わりの話なんだと思って読んでいたら、私自身が君に恋こがれられている――というところへ結論がきたんで、呆然としている。

私は、しばしば輪廻を信じるものであり、それをまったく裏づける現実を、アマゾンやら、アラスカやら、いろいろな大自然の中――川や、湖や、ジャングルの中で目撃するので、輪廻信者かもしれないと思うときがある。私にいわせれば、輪廻というのは徹底的な唯物論である。その唯物論が徹底していたから、ポエジーの形を帯びるに至ったんだ。つまりこれは、エネルギー不滅の法則を語ったものなんだと思う。直感による科学の認識だと思っている。

したがって、それゆえにそこから導かれてくる教訓は、この世には善も悪もない。エネルギーの総量は、ふえもしないし減りもしない。あるのはただ形の変化だけだということになるんだが、しかし君が私を恋こがれているということになると、これは困った問題だよ、君。哲学では済まなくなってきた。君に恋こがれられる私のイメージとしての私はいいが、実在としての私を恋こがれられると、私はどうしていいのかわからない。これは困った。たいへんに困った。困った、困った、困った……。

孟子VS.荀子。

★★★

孟子は性善説を唱え、荀子は性悪説を唱えた。自分は性善説を認めたいのだが、今日の状態では性悪説を認めざるをえないように思う。氏はどのようにお考えか。

（三重県伊勢市　アホな受験生　18歳）

性善説でとらえられる人間性もあれば、性悪説でとらえられる人間性もある。性善説一本ヤリでは、必要条件は尽くしていても、十分条件は尽くしていない。性悪説についても同様である。

いずれにしても、性善説か性悪説かと二つに割って人間を考えるということ自体が間違っているんだ。両者を微妙にまぜて考えなければならない。いっそ、どちらか一方に立って考えたいといういらだたしさを、君が感ずるかもしれないとは思うけれども、ここで早まってはならない。おわかりか。おわかりだな。

新しい天体。

★★
★★

私はこのところ若き男女の間で話題の西麻布に住んでいます。カフェ・バーという和製英語の、若者好みのインテリアと音楽がかかっているお店やイタリア、フランスの地中海側の料理のお店が、軒並みという感じで並んでいます。

　お酒は飲めませんが、グルメということでは人後に落ちない私です。近所のことゆえ、普段着にサンダルといういでたちで味の具合を見に出かけていきます。が、いまひとつ、うなずくものに欠けるのです。年のせいでしょうか、それとも味のせいでしょうか。はたまた、あのとり澄ました雰囲気のせいでしょうか。

　ところで、文豪は「海の果実」のことを書いておられましたが、我が家の近くに、その名も「フリドメール・オイスターバー」というレストランができました。早速、偵察に出てみるつもりです。

　さて、文豪の食べ物に対する修辞の巧《たく》みさには、いつも感激を新たにしていますが、その後「新しい天体」（編集部注＝ブリア・サヴァランの名著『美味礼讃』の中に〝新しい御馳走の発見は人類の

幸福にとって天体の発見以上のものである〃ということばがある。そして開高文豪には『新しい天体』という著書があります）は発見されておられますか？　ありましたらお教えください。

（東京都港区　小沢恵子　自営業　33歳）

当然のこととはいえ、年をとるにつれて経験が蓄積されていくんで、若いときの感激というものはそれ自身は残るけれども、それを越す味というものはどんどん減っていく。その代りに、たまに見つけた喜びは鋭くて深く、なかなか忘れられないものとなるでしょうね。

最近、私はアラスカの海岸で新しい〃天体〃を発見しました。アラスカ南東部のフィヨルドの奥へ行くと、引き潮どきに干潟《ひがた》の泥沼が出てくるところがある。そこをじっと見ていると、水が子供のオシッコみたいに飛びかってる。あちらで飛び、こちらで飛ぶ。それで、こっそりキャッツポー（猫足）で足音を忍ばせて寄っていくと、水溜りの中にオチンチンの先のようなものが出ていて、泥まみれになっている。それをやにわにキュッとつかむと、慌ててシュポッと引っこんでしまう。そこでこちらも慌ててスコップで掘ると、特大おにぎりぐらいのサイズのハマグリが姿を現わすんですな。これをグイダックと呼ぶ。

何しろ、ハマグリは動けない。水はピューピューあちこちで飛ぶんで、いとも簡単に、いくらでも見つけられるわけ。そして、さっきのオチンチンは給水管であって、五十センチから、ときには一メートル近くも伸びることがある。このハマグリをよく砂出しをしてから焚き火にかけ、口があいてくるところで少しずつ醬油をつぎ足し、いわゆる浜焼きをつくる。この浜焼きときたら、身は巨大なのにじつに新鮮なジュースに富んでいて、ムニョ、ガブリッとかぶりつくと、熱いおつゆが口の中にほとばしり、それが醬油と混じって何ともいえない〝天体〟でしたな。ま

あ〝新しい天体〟と呼んでもさしつかえないでしょうネ。

アラスカへ行くことがあったら、干潟の泥沼をよく注意してごらんなさい。誰にでも掘れます。それからまた、ザラザラした小石から小岩の混じっている海岸の干潟では、その石の下にハマグリの巨大団地がある。石をのけて、バケツで海水を汲《く》んでぶっかけると、砂が流れる。その下から出てくる、出てくる。その海岸一帯が無限のハマグリの巨大団地——そういう海岸もあります。

だから、世界もこまかく探してみると、そういう魅力ある資産が、まだいくらか残っているといえるわけです。ただし、こういうところへ日本人のツアー旅行団を呼んできたら、一ヵ月でどうなってしまうことやら——。ま、そういうことですから、あなたと私だけの秘密にしておきましょうよ。

『新しい天体』●週刊誌に連載されたファルス（笑劇）。大蔵省の予算が余ったため〝相対的景気捜査官〟が、官費で屋台のラーメンから超高級料理まで日本中のものを食べ歩き、景気を調べる話。開高健の食談が愉しめる本。

釣り小説。★★★

文豪は、釣りのエッセイはよくお書きになりますが、釣り小説はお書きにならないのですか？

また、文豪にとって、印象に残る釣り小説を教えてください。やはり『老人と海』ですか？

（東京都文京区　岡村豊　学生　21歳）


釣りだけにこだわらず、魚をめぐってという条件で、ベスト・スリーを挙げてみると——。
一、モーパッサン『二人の友』
二、ウィリアムソン『鮭サラーの一生』
三、井伏鱒二『白毛』もしくは『橋本屋』
もちろん、これに『老人と海』を入れてもいい。それに、林房雄『緑の水平線』、チェーホフ『かわめんたい』、幸田露伴『太公望』（小説ではないが）。一分間で思い出せるところでは、右のようなものである。

国際人。★★★

「国際人」などという奴が多いけれども、先生はどう思いますか。

例えば外国に何度も行ったり、外国語をマスターすることが第一の条件なのかどうか？

私はむしろ、国内を徹底して歩き、理解し、日本語、民族を勉強するのが「国際人」の条件ではないかと思うのですが……。

（東京都八王子市　松本幸夫　自由業　25歳）

そうでもなく、そうでもある。徹底的なナショナリストこそ、真のインターナショナリストになれるという条件がある。ただ外国へ行ったり、外国語をマスターしたからといって国際人になれるなどとは、とんでもない間違いである。かといって、外国にも行かず、外国語も読めないのを誇りにするというのもおかしい。それは第二の条件だ。第一の条件は、人間性についてどれだけ知るか、どれだけ経験するか――それである。

日本人についての徹底的な経験がもしあるとすれば、それはどこかでアメリカ人や、あるいはアフリカのマサイ族にも通じていくものがあるはずだ。アフリカのマサイ族にも中途半端、日本人にも中途半端――こういうのを君の若さでは避けなければならない。わかりましたか。

男。

開高先生。

世の男たちは、十分間に一度はSEXのことを考えているというのは本当でしょうか。本当だとしたら、男は、何故に、そんなにスケベなのでしょうか。

(埼玉県入間郡　飯島久子　20歳)

女がいるからです。

シャーロキアン。

私は、重症のシャーロキアンです。コナン・ドイルのシャーロック・ホームズについて、先生の一考をお聞かせ願えれば幸いです。

〔追記〕先生、もうヘトヘトのご様子、再び休講し、ご自愛なさってはいかがでしょうか。

(東京都中野区　林　テツヤ　会社員　27歳)

アマゾンへ出かけたとき、コナン・ドイルの短篇集、ホームズ・シリーズを全巻持っていって、ずいぶん楽しかったことを思い出す。私は子供のころから何回シャーロック・ホームズを読み返しているか知れないけれども、これは読んで読み飽きない。コナン・ドイル以後、無数の推理小説が書かれ、いまも書かれつづけているが、読み返しのきくものといえば、やっぱりホームズ物ぐらいじゃないかと思う。つまりあれは、推理小説の世界の本家であり、宗家であり、鼻祖《びそ》であるんだ。ＳＦにおいては、Ｈ・Ｇ・ウェルズであろうがネ。

ドイルは、最初に現われたとき、すでに種において完璧だったんだ。それで、ほとんど思いつける限りのトリックを全部使っているし、それ以後の作家たちとは違って、作品へののめりこみ方・姿勢が凄《すご》い。おそらくその力が、われわれをいつまでもシャーロキアンとして永久に回帰させていくんじゃないかと思いたい。シャーロック・ホームズが滅びることはないだろうナ。

なお、もうひとつ。ドイルではホームズ物ではないけれども、『失われた世界』という作品がある。チャレンジャー教授というキャラクターが登場する。この一冊もとても楽しいから、併《あわ》せてご愛読願いたい。

それからP.S.のご助言、まことにありがとう。君の言葉に従うことにしよう。

劣等感。★★★

先生のご教授をお願いします。私の彼女は小・中・高校の同級生です。将来もちろん結婚しようと思いますが、成績はいつも彼女のほうが上、私は一生コンプレックスを感じないかと心配です。大丈夫でしょうか。
（兵庫県尼崎市　頭の悪い男　25歳）

君の彼女が、君の頭より上にあったとしても、彼女がどうしてもできないことで、君が上にならなければならないことがあるのだし、それは君にしかできないんだから、大丈夫である。

学校の成績でコンプレックスを覚えるなどというふうなことは、一人前のオトコのすることではない。学校の成績は、学校にいるときだけ問題なのであって、学校を出た後は成績なんかどうでもいいんだ。そう知りたまえ。そんなことを考えていると、ベッドの中でも君は下になってしまうぞ。

ブッ本位制。★★★★

私の祖父は、縁側で日向《ひなた》ぼっこ

しながら、いつも「昔は金に値打ちがあった、今は金も人も値打ちがなくなった」とぶつぶつ言っています。すべての年寄りは「昔はよかった」と言うようです。私ももう十年もしたら「昔はよかった、あんな時代はもう来ない」などと言うのかも知れません。しかし、金に値打ちがあったという祖父のつぶやきを延長させて思うのですが、昨今はやりのキャッシュ・カードに値打ちはあるものでしょうか。先生は、カード本位制をどうお考えですか。

（岐阜県岐阜市　大野弘志　公務員　24歳）

だいたい私は、紙のお札というものにすら危険を覚えている者のひとりである。紙などというものは、最初につくられた当時——パピルスでつくられ、あるいはコウゾ、ミツマタなどでつくられて、紙そのものが貴重品だった時代には、おそらく値打ちがあっただろうと思う。しかし、現代では、紙幣に使う紙はたいへん複雑な難しいものだとされてはいても、いくらでもつくれるものなんだ。ありがた味なんぞ、ありゃしない。

紙幣にすら反対する私は、じゃあ金貨はどうだ——小判だな、日本でいえば。中国なら馬蹄銀《ばていぎん》——といわれれば、マ、紙よりは尊重していい。金、銀、こういった稀少金属で通貨をつくると、それ自体手に入れることが難しいから値打ちが出てきて、自分がどれだけの労働をしたかということを、手の上でじっくりと重みではかることができるんだ。夜更《よふ》けにずっしりと重い、たっぷりと厚い金貨を手にのせるときの喜びというものは、紙幣の束を手にのせるときの感動よりもずっと深いものがあるんじゃないか――と、私は想像する。

この伝《でん》でいくならば、すこし以前までのポリネシアやミクロネシアの住民のように、石貨や貝貨、こういうのでやるのがもっとよかろうと思う。私にいわせるなら、徹底的に物でやっていた時代のほうが、はるかによかった。たとえば石器時代。石斧を手にして、熊やら大鹿やらイノシシやらを何日もかかって、汗みどろになって追いつめたあげくに仕止め、それを持って谷間の向こうの藪陰に住んでいる女を買いに行く。そのとき、イノシシ自体の重みと、自分が流した汗と足腰の痛み、これらすべてがその女の価値にプラスを加えるんだ。このとき女を買った喜びというのは、膨大なものがあっただろうと思う。今のように、プラスチックに自分の名前を印刷しただけの、ペラペラのもので女を買ったって大した喜びはあるまい（カードで女が買えるとしてのハナシだけれど……）。

素朴実在論者といわれるかも知れ

ないけれども、私は物本位主義者であるようだ。物だ、諸君。目に見え、手に触れる、そういうかたちで物と自身をはかりたい。これがいかに貴重であり有効であったかということは、石器時代にはインフレがなかっただろう——という事実をひとつ挙げるだけで十分じゃないか。

諸君、金本位制でもない、カード本位制でもない、人間本位、物本位制だ。おわかりかな。

ブツだ。

ブツなんだ。

ブツ。ブツ。ブツだ。

据え膳くわず……。

★★★

過日、街で年の頃二十七、八の女性と知り合い、ホテルまで行くことになりました。ところが彼女は、自分はスキンを使うのは嫌だといいます。子供ができるかどうかはわからない、しかし、たとえ子供ができたとしても、あなたに迷惑はかけません。自分で育てます——というのです。結局、私は彼女には触れずに帰ったのですが、どこか惜しかった気もしますし、あれでよかったんだという思いもするのです。果たして私の選択は正しかったのでしょうか。いい年をして、恥ずかしい質問をいたしますが——。

（神奈川県相模原市　惑う不惑　40歳）

結果としては、あなたも相手の女性も賢かったといえるんじゃないのかな。まあ、しかし女の心というものはわからないと考えてかかったほうがいいから、じゃあ的《まと》をしぼって考えてみますか。あなたは賢かった。男のほうが賢かったでしょうな。

いざ子供ができたりして、認知しろとか結婚してとかいわれたりしてから、あのとき君はああいったじゃないか――などといったところで、もう遅いんだ。女と議論しても始まらないのが、この世の中ですよ、あなた。

おいしいご馳走があって、それがワナの真ン中に置かれていることを発見して、ツバを呑みこみながら引きあげていった古ギツネの後姿を思い出させられるエピソードだね。ホントの古ギツネ、熟練の古ギツネならば、そのおいしいご馳走だけを引っこ抜いて、ワナがはじけ返る一瞬前に体を翻《ひるがえ》してしまうであろう。が、これはロシアン・ルーレットに近く、命も落としかねないから、まず避けたほうがよろしかろうね。

もっとも、あなたが惜しいという気になるのも、彼女の言葉が本気だったんじゃないか――と思うからだろう。確かに本音だったのかも知れない。が、恐ろしいのは、むしろそれが本音だというところなんだ。ある種の女にはウソというものがありえない。ウソに全身を託してしまうんだな。男がしょっちゅう女に引っかかっちゃ、だまされた、だまされたというのもこれなのよ。女のほうはだましてるつもりはないんだから、始末が悪いわね。女は、だから恐いんだ。ホント。

★★★★ 三つの願い。

先生、たいへんおこがましい言い方で恐縮であるがのう、俺がアラジンのランプの魔神であるとする。そして、先生がそのランプをこすったとする。するといま、俺が魔神の姿で先生の前に飛び出して、聳《そび》えたっている。そして、三つの願いだけを聞き届けてやろう、実現してやろう——といいます。さて、先生、もう一度男に生まれ変わってきたとしたら、どんな三つの願いがあるか。いかに答えるかな。早く鋭く答えてみよ。

（千葉県旭市　林　信一　自営業　27歳）

一、もう一度男に生まれ変わらせてやるとのおぼしめし、たいへんありがたく思います。私もランプの魔神が出てきたら、まずそう申しあげたいと思いかかっていたところです。それでは第一の願い——私に同じ感性を与えないでください。同じ感性でもう一度、この人生を繰り返せとおっしゃるのでしたら、男であろうと女であろうと、私はもう自殺をしてしまいます。

二、いかなる美女、いかなる名器に出くわしても、結婚だけはしないという狡猾《こうかつ》きわまる叡智《えいち》を身につけさせてください。
三、ベッドの中でだけ、十回ほど女にならせてください。そして、見事な持続力と硬度を持った男にめぐり会わせてください。十回でいいです。私は謙虚です。ただし、ベッドから出たら男に戻れる――そのように願います。
以上、魔神さま。

宝石。

★★
★★

私は、女もうわべだけを飾るよりも、内面からにじみ出るものが大切だという信念の持ち主でした。化粧もせず、ネックレス、指輪、腕輪のたぐいなどしたことがありませんでした。

ところが、会社の同僚の方が誕生日のプレゼントだといって、エメラルドを埋めこんだ指輪をプレゼントしてくれたんです。彼は、前々から私に気があったので、誕生日を口実にくれたのだと思います。それが見えすいていたので、化粧台の引き出しに入れたままにしてましたが、先日ふと、それを指にはめてみました。すると、緑色に光るエメラルドに見惚れてしまったのです。それ以来、家に帰るたびに指輪をはめ、エメラルドを見つめ、心ときめかす毎日です。

先生、なぜ宝石にはそのような

力があるのでしょうか。ちなみに、彼とはその後も会社で顔を合わせると、口をきくていどです。

(神奈川県横浜市　N・Y　OL　23歳)

女の知性と感性は指先にある。女は絶え間なく、すこしずつ自分を何かに注ぎつづけていたい――と思ってるもので、その何かはエメラルドの指輪であっても、編物であっても、男のチンポであっても、子ネコのプッシーであっても、何でもかまわないんだ。指先を通じて絶え間なく、すこしずつ自分のエゴを流しつづけていきたい。流しこんでいきたい。これが女の特性のひとつです。

それが指先だけではなくて、女は全身にそれがある。目にもある。指輪を眺めてうっとりとするのはそこなんだ。だから、あなたはきわめて自然な状態であり、そういうものなんだと思う。

しかし、宝石というものは、人間が大地の底から掘り出してきて、カッティングして、磨きあげ、形をつくったものだけれども、もともとは自然がつくった彫刻品なんだ。石の彫刻であり、光の彫刻でもある。動く彫刻、光る彫刻なんだよ。だから、あなたは宝石といってるけれども、じつは彫刻なんです。それを見ていれば心が静まったり、高められたりし、女心の妖《あや》しい火が慰められるわけでしょうな。
ところで、あなたにエメラルドの指輪をくれた同僚に――あなたの気が向かないのならしょうがないけれども――口をきくだけというのは、いささか可哀そうじゃないかしら。もらった指輪を夜中にひとりで眺めて、慰められ、励まされている。なのに、口をきくていどとは――もうすこし優しく言葉をかけるとか、もうすこし優しく一緒にお酒を飲んであげるとか、もう少し優しく花束でも贈るとか、もう少し優しくアパートまで送ってあげるとかしてあげたら……。

シンデレラのガラスの靴。★

有名なお伽噺《とぎばなし》『シンデレラ』の中で、ボクにはどうしても理解できない箇所があります。十二時を過ぎれば魔法はとけるのに、なぜ片方のガラスの靴だけは魔法がとけずにそのまま残ったのでしょうか。文豪は、この謎、どうお考えですか。

（高知県　オオヤトモユキ）

その謎がわかるくらいなら、私が『シンデレラ・パートⅡ』を書いてるよ。

　お伽噺に〝なぜ？〟と問うのがおかしいんじゃないかと思うがね。その点、君はどう考える？

貧と富。

現代は一億総中流の時代ですが、金持ちと貧乏人とはどう違うのでしょうか。貧乏も裕福も経験された文豪、お教えください。

（山口県防府市　福田富雄　会社員25歳）


　貧乏はしたたかに経験したけれども、裕福の方はいまイチ、いま二という段階の私であるから、答えはおのずからギクシャクしたものになるだろうと思う。

　そうお断わりした上でお答えすると、すべては時代とともに変わっていくし、価値観というものも日々刻々、変化していく。むかし金持ちというのは太鼓腹で、葉巻きをくわえて、シルクハットをかぶってのけぞっている男——あらゆる風刺画がそういうふうに描いていた。しかし、いま、太っているのはむしろ貧乏人である。金持ちは痩《や》せている。消化のいい、コレステロールのたまらない、贅肉《ぜいにく》のつかない、そういう食事をするはずのものだから、痩せているはずだ。

　それから〝時は金なり〟だから、

本当の金持ちならば時間を買いとる金力を持っているわけで、したがってジェット機でファースト・クラスで旅行して威張っているのは貧乏人である。あるいは、中流人である。ホントの上流人なら、船で――豪華船でゆるゆると行くんだ。もっと上流人になると足でお歩きになる。

スポーツでいえば、ハンティング。これは中流じゃあ、とてもやってられないらしい。たとえば、アンカレッジから老練のガイドを傭《やと》い、軽飛行機を飛ばして奥地に入る。それから山を越え谷を渡って、トナカイならトナカイの風下《かざしも》からこっそり近寄っていく。なにしろツンドラ地帯だから、腰まであるゴム長をはいて鉄砲をかつぎ、一歩一歩、踏みしめて進んでいくんだから、その辛いことったら、口から心臓が飛び出すかと思うばかり。それでも、一頭も獲れないことがしばしばなんだ。金も要るし、暇も要る。おまけに、体力が要る。そんなわけで絶えず運動をして、体を鍛えておかなければならないし、飽食もできない。金があるのに、美味《うま》いものも食えないという、おかしな話になるわけだ。

もっとも、こういう時代だから、逆にブルジョアとは、静かな生活ができる人――という考え方もあって、年じゅう電話をかけたりかけられたりして、日曜もろくろくジッとしていられないような生活では、これは金持ちとはいえまいね。したがって金持ちは、いまや山の中の仙人に似た静かさの中で暮らさなければならない。痩せていて、日灼《ひや》けしていて、筋肉は発達し、おっとりとしていて、慌てず、騒がず——こういう紳士を見たら、これは金持ちだと見ていいんじゃあるまいか……。

開高健を引っかける。

★★★

この前、父とレストラン（ビストロというよりスナックみたいな）へ行った時、そこのコック氏と人間の味覚のいい加減さについて話していまして、そのコック氏が言うには、どんな食通でも、コンディションが良ければ、多少ひどいもん（冷凍食品）を出しても店の名前だけで、

「うまい！」

と言わせることができると言っておりましたが、食通である先生はどう思われますか？

そして最後に二人が、こう言ってました。

父「開高健もひっかかりますかネ」

コック氏「さァ……ひっかかるでしょう。やってみたいですねェ」

先生、本当にコックには注意をなさるように。

（東京都世田谷区　H・B　18歳）

まったく君のいうとおりだよ。そのとおりなんだ。

食通であろうがなかろうが、そんなことはどうだっていいんだが、多少ひどかろうが、ひどくなかろうが、冷凍食品であろうがなかろうが、とにかくうまければいいというのがこの道の入り口であり、出口であり、頂点なんだ。うまければいいんだ。その人にとってうまければいいんだ。

本物か偽物かさえも、どうだっていいようなことなんだ。

だから、そのコック氏は人間の味覚をなめたようないい方をしているけれども、しかし、ひょっとすると、そのコック氏がなめられているのかもしれないよ。ひどいものを出してもうまいというのが店の名前だけからくるんだったら困るけれども、何でもいい、とにかく客がうまいというのならば、それでいいわけだ。

しかし、だからといって客をなめてはいけない。そのコック氏は、もう一枚くぐらないと、本当のプロにはなれないね。

写実派の絵。

★★★

私は、農業のかたわら、絵を描く者です。しかし、私の周囲の人間は、写実は芸術ではないとか、写実的な絵には価値が認められないとか言います。いったい芸術とは何なのでしょうか。それから、本問とは関係ありませんが、農業という職種についてどう思われますか。

（岩手県釜石市　ミレーの末裔《まつえい》）

ミレーの末裔とはうまくおっしゃったもんですな。写実は芸術であるとかないとか、そんな議論はどうでもいいんですよ。そういうことをいう奴も半可通《はんかつう》とか、スドウフとか、知ったかぶりとか、一知半解《いっちはんかい》とか、馬の尻っ尾にたかるアブとか、歯のないハイエナとか、そう呼ぶんであって、気にしないこと。捨てておきなさい。そんなものは路傍の石、乾いた馬糞、三日前の古新聞――みたいなものよ。

あなたが好きなように描くこと、むやみにたくさん描きつづけること、そしてときどき立ちどまって、自分の一年前、二年前の絵を振り返ること、それだけでいいんだ。芸術は、考える前に感ずるもんです。考えてたんじゃあ、芸術は出てこない――が、考えない芸術というのもおかしなものになるだろう。考えるのは感じてから。まず感ずることがあるかないか、問題はそこだけだろうね。

芸術とは何か――ワセダの大学院で芸術学をやった男に訊いてみたら、〝人間の営為〟だと、わかったようなわからないような答えだった。ホントにあいつ、わかってるのかねえ。

それから、農業。私は尊敬している。私も子供のとき、戦争中だけれども、畑を耕し、種をまき、肥《こ》やしをやり、実をつみ、稲を刈り――と農業とはとても呼べないかもわからないが、真似ごとをやって、その仕事のたいへんなことを身をもって知っているので、特に私は尊敬してます。ホントです。

スープの粋。★★★

先日、ヴィシソワーズというスープを生まれて初めて口にしました。これまでスープといえば、コンソメとポタージュぐらいしか知りませんでしたし、それほど美味のものとも思いませんでしたが、ヴィシソワーズでスープがこんなに深い味のするものとは――と、驚きました。スープについて、先生のご意見を。

（京都府京都市　保科富士雄　学生
24歳）

極上のスープは、中華料理であれ西洋料理であれ、大釜いっぱいに肉、骨、スパイス、野菜、無数のものを入れ、グラグラと煮つづける。トロトロと煮つづける。が、それは全部捨てられてしまう。スープ皿に入れられるのは、ごく一センチぐらいの深さにすぎない。しかし、それはカリブ海の夕日のように輝いている。金色に輝いている。たった一センチの深さのスープ——この背後にどれだけ膨大なものが使われているか。それを感じさせるか、感じさせないか。

　これをシンプル・アンド・ディープという。シンプル・アンド・ディープというのは、すべての芸術と味覚の秘境であり、たどりつかねばならない理想郷であり、アルカディアであり、シャングリラであるわけだが、一センチのスープをすすって、大釜いっぱいの材料を想像させられるか、させられないか、想像するか、しないか。そういうことを知った上で、一センチのスープをすするか、すすらないか。ここにも問題がある。君、勉強してみたまえ。

アルカディア●
ギリシャの県の名前。古代ギリシャの時代から〝理想郷〟の代名詞として使われてきた。

シャングリラ●
〝桃源郷〟と訳すのが、ふさわしい。人間にとっての、理想の場所のことで、現在のパキスタン北部のどこかであろうといわれているが、果たしてどこかはわからない。

★★★
外を眺める。

先生。学生時代、ぼくはバイトで金を稼いでは外国——先進国も開発途上国も——をさまよってきましたが、外国にあって日本にはないという現象をいくつも見てきたように思います。その一つに、ヨーロッパでも南米でも、窓からボンヤリ外を眺めてる人がたくさんいる——ということがあります。日本ではまず見かけません。

それと、ヨーロッパの田舎で、門口に椅子を持ち出し、それに腰かけてボケーッとしている人の姿を、何度となく目にしました。

これはどういうことなのでしょう。

（東京都板橋区　春山キクオ　無職　25歳）

君は若いにしては、なかなか鋭い観察眼を持っているな。小説家になれる素質があるといいたいくらいだ。

確かに君のいう通り、先進国・途上国を問わず、一般に外国では、窓際にボケーッと立って外を眺めている人の姿を——男女を問わず——よく見かける。それから、家の戸口に椅子を出して、ボケーッと座って何時間もボンヤリしている人の姿もた

くさん見かける。

日本では、こういう姿を見ることはまずない。確かにその通りだ。おそらく日本人の生活はセカセカ、キョトキョトしすぎてるからなんだろう。生活というものに対する根本的な姿勢が違うんだろうね。

だいたい、日本人がボケーッとしているなんて、考えられないことだよ。ボケの代表に老人がいるけれども、昨今、ゲートボールだの、ソシアル・ダンスだの、なんだのかんだのと、しょっちゅう体と頭と手を動かすようになってきたから、いよいよ老人もボケーッとしなくなってきた。

私はサンパウロの日本人町を歩いてみて、田舎で失敗してサンパウロへ出てきた日本人が、町角で一時間も二時間も立ち話をしている姿を見たことがあるけれども、これだけが唯一例外の日本人だと思わせられた。日本国では、町角で何時間も立ち話をしている人間を、想像するのは難しい。そうすると、同じ日本人でも、場所と条件を変えてやると、ボケーッとなれる素質も出てくるんじゃないだろうか。

君自身はボケーッとすることがあるかね。ホント、外国にはよくいるよ、窓際でボンヤリ外を見てるのが。いったい、あれは何を考えてるんだろう？　もしくは何を考えなかったらアアしていられるんだろう？

滅形。★★★

開高文学にときおり現われる言葉に〝滅形〟というのがあります。この表現は、貴兄の作品を理解する上で重要なのではないかと受けとっていますけれども、国語辞典にも漢和辞典にも載っていません。いったいこれは、どのような意味なのですか。何か出典があるのですか。それとも貴兄独特の造語ですか。文脈から判断して「やるせなさ」とか「無力感」ぐらいに解釈していいます。いかがでしょう。読み方ともども教えてください。なお、今でも〝滅形〟を感じるときはおありでしょうか。また、それはどんなときですか。

（タイ・バンコク市　ヒデノリ）

むかし、平野謙氏に『文芸時評』で同じことをとりあげられ、勝手な言葉を造ってはいけないと書かれたことがあり、たいへんに迷惑した。そこで手紙で平野氏に抗議したら、その後、平野さんと私的な場所で会ったさい、申しわけないと謝られたことがある。

この言葉は、私の造語ではない。梶井基次郎の短篇のひとつに、はっきりと現われている言葉です。解釈とすれば、君が自由に解釈すればいいんだけれども、言葉の字面《じづら》を見れば、おおよそわかるでしょう。君はやるせなさとか、無力感というふうに解釈しているが、そう解釈してくれてもいいいし、字面を見ての君の自由なイメージで解釈してもらうのもご自由である。

なお、私は今でも心だけは若く持ちたい、感ずる力だけは持ちたいと思っているので、しばしば〝めっけい〟を覚えることがある。そういうときはどうしていいのかわからなくなり、十八歳のときのように自殺を思うこともある。しかし、私は自殺する力がないということを知っているので、いよいよどうしてよいのかわからなくなる。困ってるんだ……。

P.S. 堀口大學訳のフランスの作家の短篇。その表題は『オノレ・シュブラック滅形』となっていたのではなかったかしら。

トイレの落書き。★★★

世界を飛び回っている、そして男性である先生におうかがいいたします。

男の人のトイレっていろんな落書きがあるそうですが、各国、各民族ごとに特徴があると思います。おもしろい落書きをお聞かせください。

また、どこの国のトイレがきれいとか汚いとか、トイレにまつわることなら何でも知りたいんです。
（京都府宇治市　宇治川女　学生22歳）

最近、アンカレッジのある公衆便所へ入って発見した落書きがある。そいつはいささか長かったけれども、どういう人物がこういうせりふを書いたのか、その横顔や、人生経験や、素養などを考えたくなって、楽しい数分間を過ごすことができた。それは英語でこういうんだ。

「人間はもう一度生まれ直してこなければ、神の意味がわからない。人間とはそういう存在である。諸君、悔いよ。終末は近いぞ」

こう書いてあった。

ナイアガラの滝の公衆トイレには、土地柄のせいだろうか、こういうのがあった――「君のものは、君が思っているほど大きくない。もう一歩、前へ出ろ」

これはアメリカの古典的な男便所の落書きの傑作とされているもんだけれども、未だに使われているんだナと思って笑ったら、その横に小さな字で「そうだ、昔はそうだった」と書いてあり、もう一回笑わせられた。これは、男でなければわかりにくいユーモアだけれども、君のボーイフレンドにでも訊いてごらん。

どこの国のトイレが一番きれいか

という話——最近聞いたのでは、ロンドンの公衆便所が極端なまでに清潔で、しかもお湯までたっぷり出る。民度の高さを感じさせられるといって呻《うめ》いている男がいたが、その横で、しかしモスクワのトイレはモノスゴイぞといって、それきり何もいわずにうなだれている男がいた。だから、モスクワに行ってからロンドンへ行くか、ロンドンへ行ってからモスクワへ行くか、そこのところをよく考えて、日本航空と相談してごらんなさい。

なお、インドではご存知のように、左指でお尻を拭《ぬぐ》い、右手でカレーライスをつまんで食べるということになっていて、これがもっともお尻に対してやわらかく、優しく、手心を加え、気配りがあり、理想的なウンチングだと思われる。しかも紙も使わず、ティッシュも使わず、ムダ水も使わず、省力・自然資源保護という観点から見ると、これ以上いうことなしである。今後はこれでいきましょう。

「見える魚は釣れない」か。

★★★

「見えている魚は釣れない」と言われていますが、先生、何とかしてください。自分が釣りに行く場所で、一ヵ所あるんです。五、六メートルぐらいの高さの土手から見おろすと、川マスたちがユラユラ泳いでいるんです。川っぷちまで滑りおりていって、朝はルアー、夕方はフライ、ミミズ、バッタ、カエル……何をやってもダメです。

　しまいには頭にきて、石を投げつけるんですが、もちろん当たるはずがありません。『オーパ！』にでてきた漁師のように、弓でも引こうかと本気で考えている始末です。

　見える魚をものにする方法、秘伝があったら、ぜひご教示ください。

（岩手県下閉伊郡　笹原良雄　公務員）

　いったい君は、何を血迷ってるんだ。見える魚が釣れないんだったら、見える魚を見えなくすればいいだけのことじゃないのかね。

　どうして見えなくするか？

　シューベルトの有名な歌曲に『鱒《ます》』というのがある。これはシューバートという詩人の詩を、シューベルトが作曲したものだけれども、おおまかなところ、こういう意味のことを歌っているんだナ。

「澄んでいる川に、鱒が一匹、泳いでいた。そこへ目のギラギラした強盗が現われた（これは釣師のことさ。

つまり、君だ)。それでミミズを投げた。水が澄んでいるうちは、鱒は鈎《はり》が見えるから釣れない。私は安心して見ていたが、強盗は上流へ行って川の中に入り、水を土で濁《にご》した。とたんに鱒は竿の先でピンピンはねて踊っていた。それを見て、私はドキドキした――」と、まあ、こういう意味なんだが、この釣師と鱒の関係は、男と女のことだという説もあるらしい。

しかし、それはともかくとして、要するにシューベルトの時代も現代の岩手県の君の時代も、同じことなんだ。そこで、上流へ行って土で川を濁してしまう。つまり早くいえば川の中に霧を流す。それで魚は目が眩《くら》む。わからなくなる。それで食いつく。――これは、昔からやられている方法なんだ。だから、君もいっぺんやってごらんよ。

念のためにいっておくと、シューベルトの『鱒』は、いろいろな歌手が歌っているけれども、ディートリッヒ・フィッシャー・ディスカウが絶対であるな。それから、『鱒』の主旋律を第四楽章のテーマにしたピアノ五重奏曲もあるが、これだったらルドルフ・ゼルキンがピアノを弾いているレコードを勧めておく。これは、一匹の鱒の運命を歌った曲なのに、一節か二節、壮大なギリシャ悲劇のようなパセティックな感情が、ピアノでたたき出されている。名演である。
最後に、もうひとつ。五、六メートルの土手の上から川鱒がゆらゆら泳いでいるのが見えるという穴場――私にだけこっそり別便で教えてくれないかね。そしたらTシャツも、トレーナーも、ライターもあげるよ。何なら、ブラジャーとパンティをつけてもいいゾ。

ラブレターの名作。

★★
★★

世界でラブレターの傑作というのはどんなものがあるでしょうか、教えてください。

（埼玉県大宮市　福永 淳　会社員　25歳）

長い間会っていないむかしの恋人に対して、自分はすっかり変わってしまったというさまざまな思い、憂い、恨み――それをこめながら、しかも優雅にやった例として、一通の手紙の末尾の部分だけを挙げておこう。プーシキンだよ。

「ペテルブルクで一番白いといわれた私の手袋も、すっかり灰色に汚れてしまいました。

オネーギン様

タチアーナより」

それから、男が男に対して、あなたを尊敬します。あなたを信じます。立派です。見事です。こういうことをいいたいときは、

「あなたの手に、私の手を重ねることをお許しください」（ハインリッヒ・ハイネ）

プーシキン● ロシアの詩人・作家（1799〜1837）。モスクワの没落貴族の子として生まれ、鋭い感性とみごとな詩才に恵まれていたが、専制政治を批判して都を追われて幽居。しかしその間『ルスランとリュドミラ』などの傑作を書き、さらに自伝的叙事詩、『エウゲーニー・オネーギン』を書いて、文学史上に燦然と輝く星となった。妻をめぐるスキャンダルがもとでフランス人将校と決闘、死んだ。

ハインリッヒ・ハイネ● ドイツの大詩人（1797〜1856）。ロマン主義の完成者と呼ばれ、『歌の本』『ドイツ冬物語』などが代表作。ヘーゲルの弟子でもあり、死ぬまで共産主義の勝利を確信していた。

ワンス・アポン・ア・タイム・イン・アメリカと阿片《アヘン》。

★★
★★

『ワンス・アポン・ア・タイム・イン・アメリカ』の中で、阿片をすう場面がありました。先生はご本で拝見するところ、やはり阿片の経験がおありのようですが、阿片のすい方についてご教授くださ い。それから、どこへ行ったらすえるのかも、教えてください。

（和歌山県御坊市　山田健二　自営業　24歳）


あれはなかなかよくできた映画で、感心した。カメラは緻密《ちみつ》だし、なかなか美しいし、美と暴力をうまくミックスしてあって、最近の出色の作品のひとつだと思う。

ただひとつ、私の経験的な観察からいくと、間違いがある。アヘン窟だ。主人公のデ・ニーロが、三〇年代のニューヨークのアヘン窟へ行って、アヘンを吸う場面がある。豆ランプでアヘンを焙《あぶ》って仕立てるところは、完璧だった。ところが、それを渡すシーンも完璧であったが、いざ吸うとなると、いささか間違っているんだ。口もとからパクパク、煙草をすうみたいに煙がたっている。

それから軽くすいこんでいる。これが大間違い。

煙草を吸うように、パクパクパクと口もとで煙が漏れるような吸い方をすると、その瞬間に練られたアヘンチンキが、壺の中で焦げて、燃えあがってしまうんだナ。これじゃ、ダメなの。一息に吸う。漏らさない。煙草を吸うようには吸わない。グーッと一息で、全部吸いこんでしまわなければならないんだよ。

これには、コツがいる。私も、何度か失敗した。私がアヘン体験をしたのはサイゴンだったけれども、アヘン屋にフランス語でいろいろ教えられた。アヘンはすう——〝フュメーする〟とはいわないで、〝マンジェーする〟——食べるという。なぜかというと、徹底的に、一息に、すっかり煙を肺の中に入れてしまう。それからゆっくり出していく。したがって、アヘンを吸ってるときに、口もとからパクパク煙は立ったりはしないんだ。

間違っている。プロデューサー、監督、シナリオ・ライター、俳優——全員こぞって間違いを犯している。それは、ヘロインだとかコカインだとかばかりをやるようになって、古典的芸術を忘れたからであろうと、私は見た。もういっぺん、『昔むかし、アメリカで』という映画を見直してごらん。

こういう知識は、めったに手に入

れられないものだぞよ、君。これにかけた私の取材費は莫大なものだが、特に諸君らにはタダで教えてあげる。こんな知識は使いようもなくて、無益なものだけれども、けだるい知性の喜びがあるはずである……。

もうひとつ。デ・ニーロはチョッキを着たまま横になっていたが、あんなチョッキやら、シャツやら、ズボンやら、その種のものはことごとく脱いでしまうんだ。そうしてゆっくり休むんだ。これが正統派オピアム・イーティングである。

ただし、セッティングはよかった。硬い木の枕を使っていた。そして、床机《しょうぎ》の上に寝ころんでいて、毛布も何も置いてなかった。これは正確である。

　同じようにサイゴンのアヘン窟でアヘンをすったグレアム・グリーンの言葉を借りると、これはアヘンの持つ悦楽の中に含まれる、剛健さを示すものである——と書いている。そのとおりだ。何であれ、物事には反対物が必要である。悦楽には、剛健——。これだよ、君。

　どこでアヘンがすえるか——私にはわからない。サイゴンはいまや無理。香港か、マカオか——何十人という人を介して、やっとアヘン窟へたどり着けるかも知れないが、途方もなく高い経験になるだろうと思う。私が話しているのは'60年代の古典時代である。煙とともに去りぬ——か。

グレアム・グリーン●
現代イギリスの大作家（1904〜1991）。自分の作品をエンターテインメントと本格小説とに分け、どちらの分野でも名作を数多く残している。『権力と栄光』『事件の核心』『第三の男』『情事の終り』など。短篇の名手でもある。

ソフィスト●
ギリシャ語で「知者、技芸に秀《ひい》でた人」の意味である。前五世紀頃、アテネにおいて雄弁・修辞の術を教えていた人のことだが、詭弁《きべん》家と同義に使われることもある。

真理。★★★

くだらない事を訊きます。

昔、ギリシャのソフィストと呼ばれたうちの一人が、「真理は存在しない」と言ってみんなに叱られたそうですが、真理という事があると一番困るのは人間じゃないかと思います。僕は、この言葉、好きです。

ケンおじさんはどうですか?

（ケンおじさん曰《いわ》く、ドウデモヨロシイ）

（岡山県新見市　高校四年生）


誰や、真理は存在しないなんていうたのは――。

かりに真理が存在しない、あるいは存在する――と、どちらをいってみても、ある日の君にはこっちの説が通じ、次の日にはあっちの説の方が通じるというようなことが、君の年齢にはあるはずなんだが、どうかね。

真理があると、困るのは人間じゃないかと君はいうけれども、そんなことはないよ。真理に反する真理というのも、一つの真理なんだからね。これは別に言葉の遊びでいってるんじゃない。もうすこし年をとって、いろんな経験、甘い、辛いを積んでいくと、君にもわかってくるはずだ。

そして、そういうことにこだわらな

くなってくる。これも真理のうちかもしれないぜ。ドウデモヨロシイとは、私はいってないゾ。

拳銃。★★★

前略

グラビアで拳銃をもった先生の姿を拝見しました。

拳銃には、基本的に二種類――リヴォルバーとオートマチックがありますが、先生はどちらがお好きでしょうか。

三島由紀夫は、リヴォルバーでなければ拳銃ではない、と言っていますが。……。　草々

（大分県大分市　羽田野史和　公務員　30歳）

どちらかといえば、私はリヴォルバーが好きになった。カリフォルニアの砂漠の中で、リヴォルバーとオートマチックと両方の射撃の練習をしたけれども、リヴォルバーの方が古めかしく、しかし確実で、妙にシャレていないところがいい。素朴なんだ。それでいて、実力満々なんだ。

オートマチックは、故障が起こりやすいと聞かされた。つまり、あれはバネで弾丸を押しあげ、針でオケツを突っついて発射させるという根本的なところでは、リヴォルバーもオートマチックも同じだけれども、リヴォルバーは回転して弾丸を撃針

の前へ持ってくる。オートマチックはバネで押しあげて持ってくる。このバネがときどき故障を起こし、ゴネることがあるというのが専門家のいい方で、確実を狙うならリヴォルバーだという説を聞かされ、私もそれに納得した。リヴォルバーは素朴なのに、しかし完成されたデザインであると、私は見ている。ま、リヴォルバー党である。

大学教師。★★★

こんにちは。
小生、ものぐさです。それで、将来、世の中で最もヒマな仕事につきたいと思い、つらつら考えてみましたところ、大学教師であろうかと思い至りました。これほどヒマで、世間から多少とも敬意を持たれる点で、わが理想に近いものと結論づけたのですが、果たしていかがなものでしょうか。結論を出す前に、文豪の見解をお聞きしたくうかがう次第です。（ああ、シンド）
（京都府京都市　中村晋　学生　22歳）

ものぐさな人間が、週刊誌に投書してくるという点だけをとりあげて考えてみても、君は自分が思っているほどものぐさではないのじゃないか。こんな投書をする暇に、もっと別のことをやればよいと世間の常識はいうから、それをやらないという意味ではものぐさではある。しかし、くどい文章を書く面倒さを何とも思ってないらしいのは——何か思いつつ書いたのかもしれないが、結果において何か書いたということは、ものぐさとは決して申せない。

——というようなことはどうでもいいんだが、大学教師が世間から多少とも敬意を持たれると君はいうけれども、ホントかね。私はいっさいの大学教師といっていいぐらいの存在に対して、敬意というものをひたすら覚えたことがない。敬意を覚えたくなるような大学教師の書いた文章というものを、ここ久しく読んだことがない（それ以外でもあまり読んだことがないね）。

大学教師が世間から敬意を持たれるというてるあたり、君は意外に古いぞ。ああいうのが世間から多少とも敬意を持たれていたのは、世間にまだいろいろタブーがあった時代の話であって、いまのように何でもかんでもスケスケルックになった時代には、彼らがカカシにすぎないということがよくわかったものだから、誰も敬意なんか持っちゃいないよ、君——と、まあ、いいたくなるぐらいのもんじゃないか。これは極論ではあるかもしれないけれども、暴論ではない——ということは、大学教師が一番よく知っていると思いたい。

洋式トイレ&風呂VS.和式便所&風呂。

★★★★

いつであったか、この欄でラーメンとカレーライスの比較優劣論争を読んだ。そして、その議論の広大、深淵、精緻に感歎したものである。

ついては、近時、滔々《とうとう》たる洋化・欧化の一途をわれらの生活の中心あるいは周辺に見るが、日常、喫緊《きっきん》の大事として風呂とトイレ——その洋式と和式を比較し、優劣を論じてもらいたいと思う。それにより、小生、近く建てる家の核心部分を決意したい。集中的論議を待つ。

（神奈川県横浜市　須田邦雄　自営業　44歳）

風呂とトイレときたか。お申し越しとあらば、挑戦せずばなるまいな。

されば、以下に——。

和式便所においては、股の間の下から下の便池をのぞくという楽しみがある。そこに斜めに午後の日光が射《さ》している。何億と数知れぬウジ虫が蠢《うごめ》いているのを見る。そして、ひょっとするとわれら人類もこんなものではないかと思う世界観《ヴェルト・アンシャウング》を、幼児――いたいけなころから身につけられるのではないか。

中学校に入ると、芥川龍之介の『蜘蛛の糸』という小説を読む。これは古代インドの仏教説話だけれども、カンダタという大泥棒が蜘蛛《くも》の糸が天国からぶら下がってきたので、それをよじのぼっていこうとすると、下の血の池地獄から無数の同輩が同じ糸をつたって上がってくるのをみて、

「どけ、ゲッタ・ウェイ！」

と叫ぶとたんに、自分も元通り血の池地獄へドンブラコ――という話なんだ、読んで知ってる人は多いだろうけどね。

こんなことは芥川龍之介を読まなくても、和式便所をまたいでれば、幼少時からのぞけるんだ。こういう死生観、世界観を子供のときから涵養するにあたっては和式に限るな。洋式トイレでは、とてもこういう人生と世界の深淵に触れることはできないであろう。

一方、洋式トイレ。これはヨーロッパにおいてもせいぜい百年ぐらいの発達史にすぎないのであって、白人もあまり威張るほどのことじゃないんだ。

しかし、パスツール以後、洋式トイレは世界を風靡《ふうび》するに至り、人口増殖に役立ってきた。つまり、予防医学としての衛生だな。それはまことに結構である。結構ではあるが、

伝染病がはやらなくなったために、人口が増加する一途で、地球はいまやよろめき、回転速度を落としつつあるかと思われるくらいである。いずれをとるべきか――われらはしばしば迷うのだが、衛生的見地からすれば一言もなく、和式は洋式の前に屈する。

　このトイレに反し、洋式風呂というのは何物であるか。これは単に体を洗うためだけの設備であり、道具であろう。西洋風呂に湯を張って、外へ出て、その湯を手桶で汲《く》んで体にかけているやつは見たことがないし、聞いたこともない。おまけに、石けんやら何やらを湯の中で使い、汚れた中に首までドンブリと浸《つ》かって目を細くしているんだ。必ず後でシャワーを浴びなくてはならない。不便きわまりないじゃないか。

　この点、日本風呂はどんどん湯を汲み出し、つねに新しいきれいな湯に入り、かつ湯の人体および魂に与える影響を、ゆるゆる目を閉じて観賞できる。湯に入るのは、単に清潔のためだけに入るのではなくて、たいへん精神的な悦楽のためにも入るのである。思索的であるともいえるんだ。

　次。

　和式の便所は、メタンガスが充満してて、タバコを喫《す》うと爆発することがある。これをホントの〃ヤケクソ〃という。

この点では、西洋トイレで火傷《やけど》することはまずなかろうナ。

ところが——である。

われわれの母親の時代までは、みんな股関節《こかんせつ》の運動を日夜、和式便所でやっていた。しかし、いまは、洋式トイレにまたがるもんだから、筋肉がだらしなくなる。股関節の筋肉の鍛えにならない。眠りこんでいるわけだ。したがって、空っぽのガレージのような器を持った女ばかりになってきた。これは近代化の光栄と悲惨とでも呼ぶべきものであり、夜の——いや、昼間からもだが——楽しみを著しく殺《そ》ぐこととなった。

ここで反論が出てくる。

洋式の場合は「ウンコによる健康

診断」ができるけれども、和式便所では自分の排泄物をはっきり識別できないし、したがって健康診断ができない。

それと、回虫を腹の中に持っている人の場合も、洋式に限る。サナダ虫、回虫の類は洋式でいたした後、目を近々と寄せて選択的に選び出し、医者へ持っていくことが容易であるナ。和式では、とてもできない相談である。

ちょっと待て。

洋式では、やわらかいトイレット・ペーパーしか使えない。が、和式ならば、新聞紙からはじまって、いろいろな紙が使用可である。紙だけではない。ハンカチ。手拭い。何なら木の葉ッぱ。ヘラ。何でもイケる。その包容力の絶大。

洋式トイレは、ロダンという天才をして「考える人」という名作を生ましめた。そう思われるフシがある。が、和式便所における蹲踞《そんきょ》の姿勢から、何か芸術を生みだしえたか？

答えはノーであろう。

おっとどっこい、和式便所は確かに芸術とは無縁であったかも知れないが、哲学的な認識論をおさめる場なのだ。

ごく普通の家庭において、においはムキ出し、モロである。入るとウッと思うが、たちまち慣れてしまうものである。人間の五官のうち嗅覚がもっとも鋭いのだが、同時にもっとも敏感なものこそ、それゆえもっとも鈍くなりやすく、それでなければこの世は生きていけないという命題の発端を、身をもって知ることができるわけである。

洋式トイレは洗面器と変わらない清潔さであるために、このような思想を生みだす契機にはならない。便利さだけを追求したら、思想が生まれなくなった——現代そっくりではないかな、君。

においということについていえば、こういうこともある。

よその家を訪問した際、小か大か排泄したくなったようなとき、

「すんまへん、お手洗いを……」

と訊くのが、ちょいとばかり恥ずかしいことがあるもんだけれども、その家が和式の便所だと、

「ちょっと……」

といって座をはずせば、どこかかにおいの発生場所はそれとわかるもんだから、家人に訊かずに辿《たど》り着けるという便利さがある。

しかし、洋式トイレでは、においがほとんどないために、こういう隠《おん》密《みつ》行動はとれないのである。

和式の風呂では、首まで浸《つ》かって頭に手拭いをのせ、歌を歌うことができるが、洋式の風呂では、とてもそういう雰囲気に欠けてはいまいか。

日本の温泉の大風呂では、

〽草津よいとこ　一度はおいで

ドッコイショ

お湯の中にも　コリャ
花が咲くよ　チョイナ　チョイナ

とみんなで合唱しているのを耳にするけれども、たとえばバーデン・バーデンの温泉で、

〽Kusatsu, guten Platze,
Einmal zu Kommen.
Dokkoi-sio.
In den Baden,
Korya, Blumen, blumen
Tioina, Tioina.

などとドイツ語で〝草津節〟でも何でも歌ってるなど、聞いたことがない。

これ、和式の風呂の勝ちである。

ついでに——。

日本の銭湯の壁のうれしい絵——富士山、三保の松原、藻《も》にたわむれる鯉、さまざまな花鳥風月を楽しむこともできるが、西洋の大衆浴場にそんなものあるっていうのか——!?

慌《あわ》ててはいけない。

風呂に入ると、体が温まる。毛孔が開く。ついでに、尿道もゆるんで、よくオシッコもしたくなる。そういうとき、和式の風呂だと、いっぺん体を拭いて便所まで行かなきゃいけない。

洋式なら、すぐ目の前に便器があるからすぐできる。すぐれているナ、こっちの方が。

バカいっちゃいけない。オシッコだったら湯船から出て、洗い場でし

ちまえばすむことだ。後で洗いオケ一杯、お湯を汲んで流せばいいのである。

問題はそんなところじゃなくて、オナラをしたときのことだ。その点、和式だと、ブクブクブクと前へ出てくるか、後ろへまわるかの楽しみが、まずある。前へまわるとタマタマの裏をなめ、それから腹をなであげてゆっくり上がってくる。それは絶妙の蟻走感《ぎそうかん》であるナ。目の前でパチンとはじけて自分のオナラのにおいをかぐのも、なかなかによきで、生きてる喜びと微笑に浸《ひた》れるもんだ。後ろへまわったって悪くない。お尻の割れ目をコチョコチョッとくすぐり、背中をこすりあげてく。ゾクゾクッ

とくる。

こういうところ、洋式の風呂じゃあ、真似ようたって真似られない。股の間でブク、そしてすぐパチンである。ブクブクブクッという悠久の時間に欠け、パチンとはじけても、鼻孔に届く前にすでににおいは拡散して、

「あっ、オレの……」

というアイデンティティに乏しい。オナラなら、断じて和式なのである。

さらに、ある。

たまたま先輩の実家なんぞに泊まりに行って、風呂に入ることになる。知らなかったけど、そこには美人の妹かなんかがいて、その美人が風呂場の外から声をかけてきて、

「お湯かげんはいかがでしょう？」

なんていう。

「いえ、たいへんいいお湯です」

とか、

「はあ、ちょっとぬるいような……」

とか答えると、

「あっ、それじゃあ……」

と可愛い声がして、それからパチパチ細い薪《まき》がはじけて燃える音が聞こえたりして、恋が芽生《めば》えたりしないこともないのである。

ところが、洋式の風呂ときたら、湯かげんなぞセルフでやるしかないのだ。これで、そこはかとない会話のやりとりなんかできるはずもなく、恋なんか生まれることもないではな

いか。

やはり、風呂は和式にとどめをさすのである。

カラコッチャ。

★★★

先生。ずばり、お尋ねする。世界中を回り歩いている先生が、路上、宮殿、金持ちの邸宅――その他のところで見かけた、もっとも面白い自動車、もっとも驚いた自動車、もっとも記憶に残る一台を挙げよ。いつかこの欄で、ロールスロイス・シルヴァークラウドの名前を見たことがあるが、そんな月並みな答えは許さないこと、もちろんである。

（東京都日野市　山縣智央　学生22歳）


ハイ。お答えする。

ペルー、チリ、ウルグァイ――こういった南米の国では、カラコッチャというものがある。ついでだが、スペイン語では車のことをカーロという。ベイクーロという言葉もある。ベイクーロは、英語のヴィークルである。乗り物という意味だ。フランス語のヴォワチュールだな。

さて、このカラコッチャであるが、これはありとあらゆるオンボロ自動車の、パーツというパーツをてんでんバラバラに、勝手によせ集めて、ハンダづけしてつくった自動車なんだ。とにかく奇想天外、奇々怪々なるものだけれども、ヨロヨロとか、コトコトとか、そういう状態で走る。眺めていて、まことにおっとりしたもので、これらの国の近代化の度合いに匹敵しているような気がする。

　それで諺がひとつあって、カラコッチャとカラコッチャが街角でぶつかると、即座にその場でもう一台、新しいカラコッチャができる――そういわれているぐらいなもんだ。想像力豊かな君なら、いろんなことを想像できるだろうから、何なら君自身あちこちからパーツを集めて、カラコッチャ・ハポネサというものでもつくってみたらどうだ。

　なぜこういうことを勧めるかというと、長い間南米でカラコッチャをつくって愛用し、また解体し、また新しく組みあげるということをやってきたら、近ごろこれに目をつけたヨーロッパ、アメリカの自動車気違いのお金持ちが、このカラコッチャを莫大な値段で買いとって、自分のコレクションに入れるようになってきたからだ。カラコッチャがじつに丁寧に梱包されて、アメリカやらヨーロッパへ送り出されてるんだ。

　君、ひとつカラコッチャをつくりなさい。これはヒットするぜ。趣味と実益が兼ねられるし、君の想像力と芸術的良心が、完全に発揮できる。なにもシュール・レアリズムの絵を見てから始めることもない。思いつくままにやればいいんだ。それがカラコッチャなんだ。

二台の車がぶつかって、新しいのが一台できるなんて、愉快じゃないか。

ツァラトストラかく語りき。

★★
★★

先生。教えてください。

この間、父の本箱の奥からニーチェの『ツァラトストラかく語りき』を引っぱり出して、読んでみました。しかし、一体何が書いてあるのか、さっぱりわかりませんでした。

これは、僕の読解力が低いためなのでしょうか。それとも、ニーチェがもともと難しいためでしょうか。それともまた、翻訳が悪いのでしょうか。僕が読んだのは竹山道雄という人の訳です（中学時代に読んだ、たぶん同じ人の『ビルマの竪琴』は平易で読みやすかったのに）。

『ツァラトストラ』を僕が読む気になったのは、好きなエルビス・プレスリーがショーのオープニングに、いつもリヒャルト・シュトラウスの交響詩『ツァラトストラかく語りき』の冒頭の一節を使っていたからで、この曲の方はいつ全曲を聴いてみてもとても明快ですのに、原作のニーチェの方が難解をきわめているのは何故なのでしょうか。

（神奈川県横浜市　佐々木順浪人　19歳）

時代だ。

時代だね。

プレスリーからR・シュトラウスに入って、それから『ツァラトストラ』を感性で理解しようという世代が出てきたとは、思いもよらないことである。私はもう時代に遅れたんではないかという、不安を覚える。

君の手紙を脅《おび》えながら読んだ。

われわれの時代には、岩波文庫でニーチェを読んで、わかろうがわかるまいが読んだ、読んだとばかりに口にしていたもんだ。ニーチェには『この人を見よ』とか『権力への意志』などというのもあるが、こういうタイトルだけを引用するだけで、内容についてはお互い何となく触れるのを避け合っていた。

しかし、翻訳についていうなら、ニーチェに限らず、非常に難しい問題がある。たとえば、カフカの作品を英訳で読んでみると、しばしば黒いユーモアを感じさせられて、吹き出したくなるときがある。吹き出したくはならないまでも、ニコリと笑いたくなるときがある。ユーモアがあるんだ——黒いユーモアだけれども。

　ところが日本の偉い人の訳したカフカを読んでみると、ひたすら暗黒、絶望、疎外——ればかりであって、ユーモアなどかけらもない。翻訳はそれぞれの訳者によって原作の理解が異なっているんだから、多少の違いがあるのはいたし方ないにしても、笑いがあるのとないのとではえらい違いなのであって、それはカフカの本質にまで関係してくる問題だろうと思う。英語に訳したアングロサクソン人は、カフカの中の笑いを発見しているが、日本人は闇しか発見していないんだ。途方もない違いなんだ。だから、どちらを信用していいのか、私にはよくわからないんだ。

　ニーチェの場合にも、おそらく似たようなことがあるのかも知れない。竹山さんはいい人だったけれども、竹山さんの訳の『ツァラトストラ』を私は読んでいないし、プレスリーのオープニングの『ツァラトストラかく語りき』の部分も、聞いたことがない。だから私は結局のところいし、君の問いに答える資格がないし、『ツァラトストラ』を語る資格にも欠ける。〝この人を見よ〟という自信がない。だれか〝あの人に訊け〟というような人物を探して、改めて訊いてみていただきたい。トレーナーを送る。

友情。★★★

ぜひ、開高先生にお聞きしたいと思います。

トルストイの『戦争と平和』の一節に「友情には荷車の運行に油が必要なように、阿諛《あゆ》とか賞賛は無くてはならないものである」と書いてあり、一方では、感銘してきましたけれども、真の友情とは相反するものではと思ったりもするのですが――。

なにとぞ先生の友情論をお聞かせください。お願いいたします。

（新潟県南蒲原郡　Ｓ・Ｇ）

君が何歳か書いていないのでわからないが、君のような若い世代の人が、いまだにトルストイの『戦争と平和』などを読んでいると知って、ちょっとホッとした。マンガばかり読んでいるのかと思いこみがちなものだから、こういう投書に接すると、「うん、まだ日本のヤングも捨てたもんじゃない」

と思いたくなるが、これはお世辞になるかね。

トルストイのその一節は私には覚えがないけれども、もしそういっているのならば、当り前のことである。荷車が動くのに必要な何物かは、やっぱり友情にも必要だろう。真の友情であろうが、かりそめの友情であろうが、それは必要だと私は思う。

　しかし、これだけ人間と人間の接触について知恵を示したトルストイ自身が、晩年になって女房のヒステリーにたまりかねて家出をし、油が切れて、冬の駅頭で肺炎になって死んでしまったというのは、ずいぶん皮肉な話じゃないか。もちろん、だからといって、トルストイの価値が低くなるものではないし、あるいはひょっとすると、それゆえにこそ価値が高まるものであるかもしれない。

　私の友情論は、いまここに別に説くまでもない。私の答えの中に見つかるんじゃないか、な。

詩とは？★★★

先達・開高先生。遥か洋上より三拝九拝して、現代における詩と詩の所在について問う。

一、詩は志也、と解くに如何

二、脅肩諂笑、現代詩に志あらずんば、詩もまた不在也、と識《し》るに如何

三、先達が高歌・哀吟される一編の詩（古今東西不問）在り哉《かな》、如何

訊風・風飄飄而吹衣《ワレにジツポとトレーナーを》。

（広島県呉市　雲　34歳）

答える。

一、賛成。まことに、賛成。

二、賛成。また賛成。

三、ある。あり過ぎるくらいある。たくさんある。無数にある。ここで一つ、二つ答えてるヒマがない。一度、陸にあがってヒマなとき、遊びにいらっしゃい。その折、話しましょう。

たいへんに志の高い投書、われら一同ムチ打たれる思いである。とりあえず、ジッポとトレーナーをお送りして、われらの気持ちを表わします。

釣りに行けない釣師の過ごし方。

★★
★★

僕は、死ぬ時は魚を釣りあげてから力尽きて死にたいと思っている。文学、酒、女、素晴らしいものはこの世に数あるけれど、釣り程素晴らしいものはない。僕はそう断言する。本当に釣りは素晴らしい。僕は特に渓流釣りを愛する者なのだが、今、ある事情でこの大好きな釣りができないのだ。先生！　先生も仕事に追われて、釣りに行けない日々が多いことでしょう。そんな時、先生はどのように過ごしているのでしょうか。是非、お教えください。

（静岡県静岡市　誠）

一、せっせと鈎を磨く。
二、魚の食いついた傷跡のあるルアーを見て、ウットリする。
三、トイレの中で、逃げた大きな魚のことをひたすら思いつめる。
四、……
五、……
六、……
七、……
八、もう一度、せっせと鈎を磨き直す。

九、もう一度、魚の食いついた跡のあるルアーを眺めて、ウットリする。以上である。

流行遅れ。

★★
★★

開高先生

僕は五年前ぐらいからＬＰや出版物（週刊誌などは除く）などを発売されてから半年か一年たったのち、気に入った物を買うようになってしまったのです。友達にはわざわざ流行遅れになることはないなど言われますが、やめる気はありません。以前、ライオネル・リッチーが、曲は作曲して三、四年たってから発表すると言ってい

ました。先生はこのことをどうお考えになりますか。

（東京都豊島区　荻原一郎）

私はこの三十年間——いや、物書きになってからなら二十八年間、週刊誌、月刊誌、その他、自慢じゃないが、何にも読んだことがない。ラジオも聴いたことがない。テレビは時たま見るだけである。これはホントだよ。流行など考えたこともない。勝手にしやがれってなもんダ。

なぜ新聞や雑誌を読まないかというと、ああいうものを読むと顔を雑巾《ぞうきん》で首なでされたような気になっちゃうからだ。書きかけてる文章も書けなくなっちまう。

だからといって、私は特に流行遅れだとか、時代遅れだとかいわれたことがないんだけれども、それは誰かが何とはなしに、ホントに生活にとって必要なニュースなどというものは、耳に吹きこんでいってくれるからだと思う。私はそれを聞いてるだけでよかったし、これからもそうするつもりでいる。残りすくない人生だから、一貫してやろうと思ってる。断固として、私は新聞や雑誌を読まないゾ！

ついでに申しあげておくが、この『週刊プレイボーイ』すら、関係するようになってから二年間、読んだことがない。覗いたこともない。無知を威張るわけではないけれども、時にはそういいたくなることもあるんだナ。

君はLPや出版物を、半年、一年たってから気に入ったものを買うといってるけれども、半年や一年ぐらいで流行遅れだの何だの、まったく関係ないよ。それで流行遅れになるようなものなら、もともと手を出さない君が賢いわけだ。そういうこと。

ライオネル・某が三、四年たってから曲を発表するというのは、たいへんよい覚悟である。立派な志である。私もその覚悟だけはもちたいと思っている。つまりその期間、作品をエージング（年とらせる・円熟させる）しているわけだ。これで作品にしっかり底が入り、いろいろといい味がつくことになる。

矛盾。★★★★

先輩の『生物としての静物』の紹介が某週刊誌になされ、その中で十五、六歳の頃に煙草を覚え、大人としての修業をしたが、楽じゃなかったというようなことが書かれていたが、私も高一の夏に煙草を覚え、何度か禁煙も試みたが高三の現在に至るまでやめられません。実際、楽じゃないし、大学受験も控え大変悩んでいます。

　先輩と同じ立場にある後輩として、良きアドバイスをお願いします。尚《なお》、採用になった場合、憧れのジッポ・ライターをお送り頂ければ幸いです。

（宮城県仙台市　佐藤倫生）


もういっぺん、禁煙してみたまえ。それにしても、禁煙をしようというのに、何でライターなんだ、君？

死に方。★★★

先頃死去されたインドのガンジー首相の遺体は火葬され、その後彼女がこよなく愛したヒマラヤ山脈に空からまかれたそうです。

　火葬、土葬、風葬、鳥葬、水葬、のたれ死と、人生の最期を飾る儀式には色々ありますが、大兄はご自分の場合はどれを望んでおられ

ますか。

（山口県下関市　橋本和幸　学生　21歳）

どれでもいい。

どれでもいいが、ひとつだけ希望がある。全身カラカラになって人間は死んでいくんだけれども、最期の死に水――この一滴の味を味わってから死にたい。これには無限の味があるはずなんだ――誰も語ったこともなければ、書いたこともないんだから。

私も小説家なら、この一滴の水について呻《うめ》くなり、つぶやくなり、何か一言吐いて死にたいものだと思う。最期の水の一滴を味わってからなら、火葬、土葬、風葬、鳥葬、水葬、のたれ死、腹上死、何であれ大歓迎である。

エグゼクティブの条件。

★★★

先生の女性ファンの一人として、残念に思うこと一つあり。

いまアメリカでは、エグゼクティブの条件の中に、太らないことと禁煙が挙げられていますね。それは、それくらいのことさえ自制できないような弱い意志ならば、物事に対してどのような力も制御できないとみなされるのです。先生のご意見はいかが？

（神奈川県横浜市　小島泰子　主婦　51歳）

ただ太らないことと、ただ煙草を喫《す》わないこと――そのことだけで、男の意志が強いの、弱いのと判断する、あるいはしようとする心理が、私にはまったく理解できませんね。

私はすこし太っていて、煙草をすこし喫うけれども、他の面では自制できることはたくさんあり、意志が強いか弱いかは別にして、そんなことで他人の価値を判断しようと思ったことはありません。人間は、単純でもあれば複雑でもあり、強くもあれば弱くもあり――そういうもんだと考えておいた方がよろしい。その方が、人間が豊かになると思いますが、いかがでしょうナ。

　しかし、それにしても、痩せて煙草を喫わない男だけがエグゼクティブであり、官庁の偉い人になる——そんな社会が出現したら、これは怖いことになりゃしませんか。他人に対する理解など生まれてこず、したがって部下を掌握することもできないでしょうよ。おそらく、そんなバカなことはあり得ないと思いたいですね。

　今後も私は、煙草をやめるつもりはないし、太る方は水泳でいくらかずつ減っていくでしょうが、しかし、いまとなっては強い意志を発揮してみても、重役になることもできず、どうしたらよいんでしょうか。むしろ、あなたにお尋ねしたいくらいです。

（編集部から）ブラジャーとパンティのサイズをご一報ください。

酒場の条件。

★★
★★

前略。
いい酒・いい酒場の条件とは何でしょうか。キャバレー、ピンサロ、スナック、炉端焼、鮨屋、クラブ、酒を飲む場所へは数多く行きましたが、いい酒場と思える処がほとんどありません。最近やっと一軒、いい酒場をみつけましたが——。

（兵庫県神戸市　池内雄二）

いい酒場の条件は、いい酒の条件と同じである。いい酒の条件とは、思うに、黙っていても二杯目をそっと差し出したくなる酒。こんな女がいたらさぞ迷うだろうナと思いたくなるような酒。これがいい酒だ。

したがって、いい酒場というのは、何度行っても飽きない酒場、そこのスツールに自分のお尻をおろしたとき、お尻が素直にスツールに吸いつくような感じで座れる酒場——これがいい酒場というもんだろうと思う。高級だからいい酒場。どん底だから、焼鳥屋台だから悪い酒場だということはない。

もうひとつ。お尻だけではない。カウンターに肘《ひじ》をついたときに、肘がしっくりとカウンターに向かってお互いが――お互いがというのはカウンターの木と君の肘がという意味だが――「今晩は」といいあえるような酒場。これがいい。しかし、これは無限にハシゴをやってやっと一軒みつかるか、みつからないかだろう。君のお尻と肘は、君が思っている以上に気難しくて感じやすいんだ。そのことを考えて飲んでみたまえ。ちょっとは変わってくるヨ。

サナダムシ。

★★★

先生。ボクは今、サナダムシに悩んでいます。どうやら、先日、タイ旅行をした折、気まぐれにメナム河の水を飲んでみたのがいけなかったようなのです。

博学の先生、サナダムシの上手な出し方をご存じないでしょうか。

（神奈川県伊勢原市　Ｎ・Ｎ　学生22歳）

私自身がサナダムシを養ったことがないので私小説的に語るのは難しいが、観察および伝聞のそれなら語ることができると思う。

私が海外へ行くとき、マネージャー、秘書、会計係、ナンデモ屋として『月刊ＰＬＡＹＢＯＹ』編集部の菊池治男記者が同行してくれるんだけれども、これがどこかの汚れ水を飲んで、サナダムシを飼うことになった。出てきたとき、そいつは一メートルあったんだ。なんと一メートルだぞ、君。

ある朝、便器の上にまたがっていると、肛門にいささか妙な感触があったそうである。覗いてみると、尻からダラリと妙なものがぶら下っている。これを菊池君がどうやってとったか——。

トイレット・ペーパーを何枚も重ね、よく揉《も》んでやわらかくする。それから股の間に頭をつっこみ、紙でサナダムシを包みこみ、ソロリ、ソロリと引っ張るのである。ギュッと固く握ったり、強く引っ張ると、サナダムシはデリケートだから、ちぎれてしまう。ちぎれたサナダムシは体の中に残って、また関節をふやし

て増殖していく。だから、やわらかい紙で、ゆっくりソロソロと引っ張るわけだな。こうして一メートルのやつが出てきたんだが、最後に特別、ポンというような音はたてなかった――とか。

「これは裏千家流のやり方です」

と菊池君はいうとる。

もうひとり、カメラの高橋昇君ときたら、一メートル半のを養っていた。流石《さすが》にこの級のサナダムシは珍しいらしく、どこかの研究室でほしいというので、いまはフォルマリン漬けになっているそうである。

それにしても、一メートル七十ぐらいの身長の男の体内に、一メートル五十センチのサナダムシが棲むんだから、どちらが宿主でどちらが寄生者なのか、よくわからなくなる。それぐらいサナダムシは人体に親しいものであるらしい。君のは何センチあるのかね?

君のやつはメナム河だというが、菊池、高橋カメラの両名は、ふたりの共通体験を検討してみた結果、アマゾン原産ではないかと見解の一致をみたという——のだが、彼らと一緒にアマゾン生活した私も、それからもうひとりの男も、サナダムシが肛門から首を出す形跡がない。これはどういうわけだろう。サナダムシにも好むタイプの人体があるのかな。これは、君が研究してみたらどうだ。卒論のテーマとしちゃ、面白いもんになると思うが、ネ。健康を祈るよ。

悪友。★★★★

文豪、私には中学校以来の切っても切れない関係の悪友がおります。悪友というのは冗談でもなんでもなくて、正真正銘の悪友なのです。以前からカネは貸しても返してくれない。女は横どりする。人の名前をかたる。そういう具合なのです。

でも、どこか憎めない奴で、何度もつきあいを断とうとしましたが、未だに切れないでいるのです。

文豪、私はどうすべきなのでしょうか。適切なご指示を——。

（東京都昭島市　S・T生　会社員　31歳）

スラブ族の諺《ことわざ》でいうと、「犬はノミがいるから体をかくが、ノミがいなくなれば、犬は自分が犬であることを忘れるだろう」――こういうんだ。

君がその離れられない悪友から離れると、君は君自身であることがわからなくなり、アイデンティティを失ってしまって、影のない男になってしまうかもしれないよ。だから、その悪友を失ってはいけない。大事にしなさい。どうすればいいということじゃない。いままでどおりにやってけばいいんだ。

なお、アングロサクソンの諺で「他人にしてもらいたいことを他人に対してやれ」というのもある。これでいっても、やっぱり結果は同じことになる。スラブの英知に立っても、アングロサクソンの知恵に立っても、君の人生航路は決まってるんだ。その悪友を捨ててはいけないんだよ。聖書では〝汝の敵を愛せよ〟と。

美人の国・ブスの国。

世界中には数多くの国があります。が、大きく二つに分けられると思います——つまり、美人国とブス国です。

さて、そこで文豪、代表的な美人国とブス国を挙げてください。これからの私の青春武者修行の参考にしたいと思いますので——。

(山梨県甲府市　三沢　治　学生　18歳)


ブスの国か……ベネルックス三国、つまりベルギー、オランダ、ルクセンブルグ。それにスイスをつけてもいい。

美人国となるとポーランド、フランス、チリあたりか。ラテン圏ではCのつく国が美人の産地とされているので、この他にコスタリカとコロンビアを追加してもよろしい。

若いうちに楽しみなさい。

お好み焼大会。

★★
★★

前略、文豪。

先日、友人宅で〝お好み焼〟を肴《さかな》に酒を飲んだのですが、四国出身の友人に言わせると、〝お好み焼〟のルーツは広島である——ということでした。

文豪の〝お好み焼〟に対する意見をお聞かせください。

(神奈川県厚木市　松崎仁鬼　22歳)

長くなるデ。

広島がお好み焼のルーツであるかどうかは知らないが、私は大阪生まれの大阪育ちの大阪人なので、お好み焼については並々ならぬ関心と経験をもってきた。が、その前に、お好み焼のショート・ヒストリーを話しておきたい。

われわれの子供の時代には、お好み焼の一歩手前に、チョボ焼というものがあった。これは掌《てのひら》ぐらいの四角い鉄板に穴がいくつもあいていて、そこへメリケン粉を流しこむ。コンニャクの刻んだのとか、グリーンピース一個ずつだとか、サクラエビ一つだとかをそこに入れ、醬油をちょっとかける。それを千枚通しでひっくり返す。ご家庭のものだったな、あれは。冬の寒い晩など、奥座敷で火鉢を囲んで、母が私と妹二人のために焼いてくれた。そのしもやけの手を覚えている。これがチョボ焼である。

チョボ焼の上がお好み焼きなんであるが、これはお好み焼とはいわず、当時は〝洋食〟と呼んでいた。駄菓子屋の店先で、おばあさんが鼻をすすりすすり焼くものであって、いまのようにデラックスなものではなかったと記憶する。

戦後になってから、突然、お好み焼の第二次氾濫期が起こり、そして現在に至る。

お好み焼というのは、亜種・変種として他の文化圏を求めるならば、中国のパオピン（包餅）、シャオピン（焼餅）。それからラテン圏ではトルティージャ、タコス。イタリアへ行くとピッツァ。あるいは、フランスのクレープ。みな似たような発想のものである。

東京へきてから、お好み焼屋がたくさんあるのでよく入ってみたが、当時の東京のお好み焼はコクがなかった。東京は、お好み焼でも下手クソだなと思わせられたんだけれども、それには理由があった。メリケン粉を溶いてそこへ卵を入れるまではいいんだが、カツオブシの粉を入れなかった。それから、天カスを入れてなかった。そういう欠落があったんだね。

　お好み焼をうまくし、リシェッス（コク）を出すためには、正統派中の正統派ならば、コンブとカツオの合わせダシでメリケン粉を溶くことである。つまり、スープでメリケン粉を溶くわけだ。これを流す。それから上等のカツオブシの粉を振りかける。それからいろんなグを乗せるんであるが、どこやらの有名チェーン店のように、キャベツをあまりたくさん入れてはいけない。水っぽくなっちまうんだ。次いで、ピリッとした味を加えるために、紅ショウガのみじん切りを入れるのがコツである。なお、彩《いろど》りを添えるための青ノ

リは風邪をひいたのではなくて、新品のハラハラとしたのをかけるのがいい。ただし、あまりかけ過ぎてはいけない。

もっとも、お好み焼には自分の好きな材料を好きなだけ入れてやっていいんで、各人好みのア・ラ・カルト、ア・ラ・メゾンがあり得るわけであるが、私の好きなのは白魚の釜うで——干したのじゃないよ、釜うで。白魚を浜からあげて、お湯の中を通してサッと揚げただけ。これを入れたのが一番うまい。淡泊である。それから、ソースをあんまりかけ過ぎてはいけない。

なお、大阪にはヤマ芋をすりおろし、それでメリケン粉を溶くということを開発した男がいて、これはお好み焼史上のコペルニクス的転回を示す方法論ともなった。お好みのベースがたいへん軽くふわふわになる。それで、女学生に熱病のように流行った時期があったし、いまでも本流となっている。

それから、シンプル・イズ・ザ・ベストの原理に立ったお好み焼というものもある。それはネギだ。ネギだけを入れて焼くんである。俗に、ネギ焼と称する。これはあまり台を厚くしないで、青い部分と白い部分とをほどよく混ぜ、カツオの粉、天カス少々、紅ショウガをごくわずか、ただそれだけのものでシンプルをきわめる。

本来、お好み焼というのは素朴さが妙味なんだから、あんまり上品になり過ぎてもいけない。議論の対象にしてもいけない。だから、こうして延々と語るのもひょっとしたら邪道かもしれない。ただお好み焼屋の亭主が、儲けてゴルフを始めたなどと聞いたら、さっさとその店に通うことはやめることである。

　最後に。私の若い知人で、上智から早稲田の政経を出て、いいとこに勤めていたのに、一念発起、会社をやめ、ゴルフもやめてお好み焼屋に転向したのがいる。彼は横浜の名《めい》刹《さつ》・弘明寺《ぐみょうじ》の御曹子《おんぞうし》だけれども、その境内《けいだい》で小さい店をやっている。私はまだ食べにいったことがないが、私ゴルフをやめて——という一点だけでも、お好み焼に賭ける心意気がうかがわれるから、さぞいい味をみせているんじゃないかと思う。

裸のマハ。★★★★

先頃、彼女と念願のスペイン婚前旅行をしました。彼女もスペインもとても素晴らしく、楽しい旅となりました。

　それはどうでもいいのです。スペインで見た、ゴヤの有名な『裸のマハ』が問題なのです。絵を見たとき、彼女が「この絵、おかしいわ。寝ているのに、あんなに胸がピンと張るわけないもの」とい

うのです。

その夜、ホテルで彼女の胸で調べてみたところ、その通りでした（ちなみに彼女はCカップの75。大きいだけでなく若さでピンと張っています。）

巨匠、ゴヤは間違えたのでしょうか、それとも、意図して描いたのでしょうか？

（大阪府東大阪市　M・N生　29歳）

ゴヤのことはゴヤに聞いてみなければわからないということになるが、あの絵についていうなら、あれはゴヤが意図して描いたとされている。『裸のマハ』は、君の彼女が指摘するように、女が横になって寝て、片肘をついている。だのに、おっぱいの先が上を向いてピンと張り切っているという構図である。解剖学上、筋肉の性質として、こういうことは起こりえない。

しかし、ゴヤは――あのモデルはアルバ公爵夫人だとされているけれども、彼女に対しモデル以上の愛を抱いたために、いや、その愛ゆえに彼女をモデルにしたのであろうが――理想化して描いたんだ。理想化して描くことで、モデルがアルバ公爵夫人であることを隠すというつもりがあったのかもしれない。が、「隠すより顕《あら》わるるはなし」という言葉のとおり、同時代の人はそれを

見抜いた。見抜いたけれども、アルバ公爵夫人であるという確定的証拠がないために、ボツにならず、後世に伝えられることになった。

君の彼女はなかなかいい目のつけどころをしているけれども、もうすこし彼女が人生経験をへれば、今度は同じ絵をみて、「この『裸のマハ』の目が、どうしてこんなに美しくうるんでいるんだろう」というはずである。あれは恋する女が男をみる目なんだ。もっと露骨ないい方をすると、ゴヤが一発やった後で描いたんじゃあるまいか。そういう専門家がいるくらいである。あれはいい目をしている。もういっぺんスペインへ行ってみてごらんなさい。

アルバ公爵夫人もゴヤもとっくに骨になり、粉となり、地上から消えてしまったけれども、美しい裸の女と美しい目は残った。やっぱり芸術はなくてはならないもんだな。

釣りは野蛮な行為なり。★★★

開高先生。先生は世界中の大自然の中に入り込み、大魚などをハンティングされたりしていらっしゃいますが、私には自分が女性のせいか、そのような野ばんな行動に価値を見出せません。そのエネルギーを創作活動にふり向けたらいかがでしょう?（B・86、W・60、H・90　ブラとパンティちょうだい！）

（埼玉県入間郡　飯島久子　20歳）

おそれ入ります。

恐縮します。

創作活動に行きづまって、私は大自然に入っていく。魚を釣ったり、森の中を歩き回ったりしているんだけれども、あなたのいう野蛮な行動に価値を見出しているおかしなオッサンではありましょうが、じつは小生、そこから戻ってきたら、創作活動にまた没頭しております。私メには魚釣りの本だけではなく、純文学もたくさんあります。書き終わって、出版されてしばらく時間がたってから、他人の目で自分の作品を振りかえってみると、中にはなかなかいいものもないではありません。だから、私の魚釣りの本だけでなく、小説もちょっと読んでみてください。それから、あなたの質問をもう一度考え直していただけますまいか。

　魚を釣ったり、森へ行ったりすることが野蛮な行動だと、あなたはおっしゃる。しかし、これがなくなったら、男はどうしたらいいんでしょうか。もっと野蛮になるんじゃないか——と、私は思うんですけどね。この行動を野蛮と呼んでいいものか、どうか。ボーイフレンドに訊いてごらんなさい。

★★★

激しい書評。

　毎週この欄を三回は読んで、勉強させていただいております。どうして学校では、巨匠のお言葉の如くに、身にしみ、ウム！　と思うことを教えてくれないのか不思議であります。

　さて、僕の又聞きなのでありますが、巨匠は旅行されたとき、お手持ちの本を全部読んでしまわれ、同行の人たちの持っていたI先生の小説を読まれて、「なんだ、こんなもの！」と放り出されたとうかがいましたが、僕は何という激しい書評だろう！　と感動しました。

僕らの周りにはいろいろな書評があり、つられて本を買ってしまう〝愚か者〟ですが、自分が、ボンヤリI先生に思っていたことを、こんなにもハッキリ示してくださって、眼からウロコが落ちる思いであります。巨匠！　他に放り出された本、どんな作家のものがありますか。そしてそれは何故ですか、ご教示ください。

（東京都港区　AB型の男　28歳）

読みたくないので放り出した本を思い出せとは、君も無理なことを訊くもんだな。また、読みたくなくて放り出した本の作家の名前を思い出せとも訊く。君はまったく困ったことを訊いてくれる。忘れたくて放り出すんだから、無理難題というもんだぜ、セニョール。

本は最後まで読まなくてはわからない——という考え方もあるが、そんなのはウソッパチだ。二ページも読んだら、中身はわかる。だから、そこで放り出すわけよ。最後まで読み通せたら、それだけでかなりの本なんだ。そういう本が、めっきりすくなくなった——というのが、本読み昨今の悲しみであるな。

しかし、君はなかなかナンセンスの精神があって、世に隠れた素質の人物かと思われる。できれば長い友情を君と保ちたい。また、投書してくれたまえ。

汗。

★★
★★

唐突ですいませんが、師匠はどこでどんな液体を最もおおく分泌されましたか。汗、血、涙、精液、唾……なんでも結構です。一番感慨深かったものは何ですか?
P.S.　ジッポ頂戴ネ。
(京都府福知山市　高見沢　徹　18歳)

汗。

汗である。冷たい汗もある。熱い汗もある。寒い国で流した熱い汗、暑い国で流した冷たい汗、たくさんある。

ベトナムは亜熱帯の暑い国だが、ここのジャングル戦ではもっとも大量に冷たい汗を流しつづけた。

セントジョージ島はベーリング海の絶界の孤島で、一年に三日も晴れる日がないという酷烈な自然条件の中にあるが、ここの沖でハリバット(おひょう)を釣ったときは、氷雨の中で熱い汗が出た。

いかなる体液よりも、私は汗をもっとも大量に流しつづけてきたようだ。

背中の砂袋。

★★
★★

先生の名作『夏の闇』の書き出しは〝その頃も旅をしていた〟であったかと思います。

旅に出て、名も知らぬ街を歩いていたりする時、それまで自分の背負ってきた砂袋が、何だか軽くなったような気がして、心地よい風が体の中を吹くような感覚に酔える時もあろうかと思いますが、逆にふとなにかの瞬間に、自分の砂袋が途方もなく重たいものなのではないかと、立ちすくむことも

あろうかと思います。

旅をしつづける先生に、立ちすくんでしまった時、どうなさるのかおうかがいしたく筆をとりました。

（奈良県奈良市　チープ・キッド）

一、寝る。

朝だろうと、昼だろうと、夜だろうと構わず、ともかく寝る。

眠れないときは、歩く。徹底的に歩いて、膝が震えるくらいまで歩いて歩いて、歩きまわる。

要するに、自分をヤスリにかけて無にしてしまい、粉にしてしまうんだ。これは、おそらく自分の心の一歩先を走っているという状態じゃないかと思うんだけれども、自分の心を放りだし、出しぬくことなんだね。心に追いつかれると沈んでしまう――そういうこともあるんだ。だから、歩く……。

二、飲む。

これはもちろん、牛乳やジュースを飲むのではなくて、致酔性飲料を飲む。飲んで飲んでへべれけになって、正体を失うまで飲んで――私の場合はひとりで自分の部屋で飲むのが多いんだが――、それで何もかも放り出して、寝てしまうんだ。

いま、さしあたり思いつく――これまで私がやってきた方法は、右のふたつである。が、立ちすくんだときどうしたらよいかという点についいては、私の作品にも何か書かれているように思うし、もういっぺん『夏の闇』を読み返してみたらどうだろう。

ブラジャーが破れているとか。二枚さしあげておく。

男の別れ。★★★★

以前観たマカロニ・ウエスタンのラスト近く、二人の男が砂漠の中を馬でやってくる。やがて〝アディオス〟とひと声掛け合ってそれぞれの道へ駆け去って行きます。この明るく寡黙《かもく》な別れがいまでも心に残っています。

開高さんが印象に残る男と男の別れがあれば、お聞かせください。

（愛媛県伊予三島市　石川政文）

たくさんある。あり過ぎる。どれから語っていいのかわからない。そのベスト3《スリー》を選んでみても、周辺を細かく説明しなければ私の気持ちがおさまらないから、ここで語るのはムリだ。

　そこで、君の問いに対する答えになるかどうかわからないけれども、スペイン語の別れの言葉に〝バイヤ・コン・ディオス〟というのがある。これは少し改まったときのいい方で、意味は〝神とともに行け〟という言葉だけれども、そのマカロニ・ウエスタンの〝アディオス〟と声を掛けあって別れるところを〝バイヤ・コン・ディオス〟とすれば、またぐっと違うニュアンスが出てくるんじゃないだろうかね。どう思う？

Vaya Con Dios

後　記

菊谷匡祐

三島由紀夫がかつて、「人生相談」について書いたことがある。作家などが新聞の「人生相談」の欄で回答者をつとめたりして、自分もときどき話が持ちかけられることがあるが、作家は果物の味や香りについて語るからといって、栽培法まで知っているわけではない、そう答えて断っている——と。

「週刊プレイボーイ」に「人生相談」を持ちかけられて引き受けたとき、開高健がこれをまともな人生相談だと思っていたわけはない。もともと「人生相談」など公器で行うべきものではずはなく、「週刊プレイボーイ」は彼より以前に今東光、柴田錬三郎を回答者に「人生相談」を連載していたが、どちらの場合も、質問者に人生上の回答をあたえるというよりも、回答そのものが一つの読み物になっていた。読者にとっては、質問者の個人的事情が関心事ではない。読みたいのは、それに答える特異な個性の持ち主たちの修辞なのではないか。

開高健の「人生相談」は、「ライフスタイル・アドバイス——風に訊け」と題されて始まった。昭和五十七年六月のことである。連載が始まって早々、こんな質問と答えが掲載された。

質問　この春、東大に入学し、上京しました。ところが五月病というのでしょうか、ビニ本を見ても勃起せず、大学にも行かず、ひたすら三畳一間の下宿で呆けています。やっとの思いでこのハガキを書きました。巨匠、私に活力を授けてください。

開高　とりあえず、三畳をやめて四畳半に移ってみたら、どや。

こんな質問に対する答えなら、無数にある。が、「三畳を四畳半にしてみろ」という答えは、絶妙なる「風」の反応だった。以後、小説家にして紀行作家、くわえてコピーライトの名手である開高健の回答は、質問者＝読者の意表をつくものあり、まっとうな議論あり、饒舌を楽しむものありで、またたく間に評判の連載となっていった。「あのころは毎週、あの連載を愛読してまして」という人が、四十前後の年代に驚くほど多い。ほぼ三年にわたって、「風に訊け」は若者の話題の的だったのである。

と同時に「風に訊け」というタイトルは、多くの模倣者を生んだ。出版界に「……に訊け」がどれほど流行ったか。これがいかに魅力ある題名だったかを物語っている。

連載が終わった後に「風に訊け」は二冊本として出版され、一冊目は文庫にもなったが、その二冊目がやっと文庫に入る。かつての読者たちが、ふたたび愛読されんことを。

本文レイアウト◉江島　任

この作品は1985年９月、集英社より刊行された『風に訊け２』を改題し、編集し直したものです。尚、文庫化にあたり、掲載確認がとれなかった質問がありますが、そのまま掲載しました。

Illustrations reprinted from Quaint Cuts
In The Chap Book Style
(Dover Publications, Inc.)
©1974

JASRAC 出0312471-905

集英社文庫

風《かぜ》に訊《き》け　ザ・ラスト

2003年10月25日　第1刷
2019年12月14日　第5刷

定価はカバーに表示してあります。

著　者　開高《かいこう》　健《たけし》
立木義浩《たつきよしひろ》（写真）
菊谷匡祐《きくやきょうすけ》（コピーライト）

発行者　徳永　真

発行所　株式会社　集英社
東京都千代田区一ツ橋2-5-10　〒101-8050
電話　【編集部】03-3230-6095
【読者係】03-3230-6080
【販売部】03-3230-6393（書店専用）

印　刷　凸版印刷株式会社

製　本　凸版印刷株式会社

フォーマットデザイン　アリヤマデザインストア　　マークデザイン　居山浩二

Printed in Japan
ISBN978-4-08-747631-6 C0195